Über die Haut

Kurzgeschichten von Frank Malkusch

Bibliografische Information der Deutschen Nationalbibliothek:
Die Deutsche Nationalbibliothek verzeichnet diese Publikation in der Deutschen
Nationalbibliografie; detaillierte bibliografische Daten sind im Internet über
http://dnb.dnb.de abrufbar.

Lektorat: Dr. Doris Quinten
Herstellung und Verlag: BoD – Books on Demand, Norderstedt

ISBN: 9783752606522

Apfelkönig

Zeitungsmeldung:
„Am 24.9.2019 sind im Landkreis Krugau drei Männer spurlos verschwunden. Das letzte Mal gesehen wurden sie am späten Nachmittag beim Apfelfest. Sachdienstliche Hinweise nimmt jede Polizeidienststelle entgegen."

Wie es der Brauch war, sollte auch dieses Jahr die neu gewählte Apfelkönigin Beate I. ihren König selbst wählen. Zu diesem Zweck war auf dem Dorfplatz ein Festzelt errichtet worden.

Alle hatten schon fröhlich gebechert und jubelten Beate begeistert zu, als sie mit der liebevoll geschmückten Pferdekutsche vorfuhr. Die herbstliche Sonne schien ihr ins rotblonde Haar und das gefährlich kurze Kleidchen in Form einer Apfelblüte stand ihr ganz ausgezeichnet.

Im Festsaal wurde sie von zwei jungen Männern, beide ihrer Wahl zum Apfelkönig sicher, unter lautem Johlen der übrigen männlichen Dorfjugend auf die Bühne gestemmt. Bei den Apfelkönig-Favoriten handelte es sich um Herrmann, den Verlobten von Beate und Vorsitzenden des Maschinenrings, sowie um Hansi, den Sohn des Großbauern Töpsel. Und noch einer war sich sicher, dass er dieses Jahr Apfelkönig werden würde: Peter, der Sohn des Bürgermeisters, der etwas abseits stand und die Szene auf der Bühne mit nicht besonders freundlicher Miene verfolgte.

Beate rief von ihrem erhöhten Standort lächelnd in den Saal:

„So viele schöne Männer! Wie soll ich mich da entscheiden? Machen wir ein Spiel! Der Bessere soll gewinnen!"

Sie flüsterte ein paar Worte zu ihren inzwischen um sie versammelten Schulfreundinnen, die sogleich nach allen Seiten ausschwärmten, um Halstücher zu besorgen. Zu den Apfelkönig-Anwärtern sagte sie:

„Alle, die mitmachen wollen, stellen sich in einer Reihe auf. Die Augen werden verbunden. Wer schummelt und unter dem Tuch vorblinzelt, fliegt sofort aus dem Wettbewerb raus!"

Nachdem unter allgemeinem Gelächter die Augen der Kandidaten verbunden waren, erklärte Beate:

„Ich halte jetzt jedem von Euch einen Apfel an den Mund und ihr beißt rein. Es handelt sich um unterschiedliche Äpfel. Wer die Apfelsorte erkennt, hat gewonnen. Wenn mehrere die richtige Sorte erkennen, machen wir eine Stichwahl. Also, los geht's!"

Damit ließ sie sich den Korb mit den prämierten Äpfeln der Saison reichen, die zuvor einzeln für die Zeitung auf einem Samtdeckchen abfotografiert worden waren. Dann schritt sie die ziemlich lange Reihe der Bewerber ab und hielt jedem einen Apfel an den Mund. Herrmann, den sie im Frühjahr heiraten würde, war der Erste. Er biss zu und rief selbstgefällig:

„Cox Orange!"

„Falsch, mein Lieber – ausgeschieden."

Hansi tippte auf Jonathan und schied ebenfalls aus. Peter, der Bürgermeistersohn kam als nächster dran. Er versuchte Beate an sich zu ziehen und zu küssen. Sie wehrte ihn lachend ab und schob ihm stattdessen den nächsten Apfel in den Mund. Peter biss mit seinen festen, weißen Zähnen zu, schmatzte demonstrativ laut, als würde er Wein verkosten, und verkündete selbstsicher:

„Elstar!"

„Auch falsch", rief Beate. „Heute bist du einmal nicht der Star!" Damit ließ sie Peter, der seine Enttäuschung und Wut kaum verbergen konnte, stehen.

So schritt sie nach und nach die Reihe der Wartenden ab. Keinem der Männer gelang es, die Apfelsorte zu erraten. Schuld daran war sicher, dass durch das zuvor schon beim Fassanstich genossene Bier und die Weißwürste der Geschmackssinn ruiniert worden war.

Als letzter stand noch Michael da, ein alter Jugendfreund von Beate, der seit ihrer kurzen gemeinsamen Zeit ohne eine neue Beziehung geblieben war. Er hatte sich auf die Schweinezucht spezialisiert und den Einsiedlerhof am Rande des Dorfes vor Jahren geerbt. Da er sich am Dorfleben nicht beteiligte, nur das Nötigste redete und am Abend nie in der Dorfkneipe erschien, war er nicht sonderlich beliebt.

„Mit dem stimmt was nicht!" oder „Der meint wohl, er sei etwas Besseres", waren die Kommentare, wenn man auf Michael zu sprechen kam. Beate allerdings möchte ihn sehr gerne, denn sie hatte ihn als sensiblen und einfühlsamen Mann kennengelernt, obwohl auch ihr der Schweine- und Schweißgeruch, der an seinen Kleidern haftete, zuwider war.

Michael war nur zufällig am Festzelt vorbeigekommen und hatte sich nach der Stallarbeit nicht extra umgezogen. Die mit Schweinekot verschmierte Stallkleidung und die seit Wochen ungewaschene Unterwäsche stanken so penetrant, dass alle im Saal von ihm Abstand nahmen.

Als Beate ihm den Apfel an den Mund hielt, sagte er ohne zu zögern: „Golden Delicious!"

Ein Aufschrei ging durch die Reihen. Beate lächelte.

„Richtig!", sagte sie und dann den traditionellen Satz:

„Willst du, Michael I., mein Apfelkönig sein? Dann küss mich."

„Ja", sagte Michael und als er Beate auf den Mund küsste, rümpften einige der Anwesenden angeekelt die Nase.

Michael konnte sein Glück kaum fassen, nun endlich nach Jahren hoffnungslosen Begehrens an der Seite seiner Jugendfreundin sitzen zu dürfen. Und das noch vor aller Augen! Als er jedoch zusammen mit ihr den Thron besteigen wollte, raunte Beate ihm zu:

„Du musst dich umziehen. Mit der Stallkleidung geht das nun wirklich nicht. Aber beeil dich. Der Ball fängt gleich an."

Michael, wortkarg wie immer, nickte nur und verließ das Festzelt. Insgeheim war er froh, noch einmal nach Hause fahren zu können, denn er musste die Schweine füttern. Die angebissenen Äpfel der Königswahl nahm er für seine Tiere mit.

Wie Augenzeugen berichteten, verließen kurz nach Michael auch Peter, Hansi und Herrmann das Zelt. Das war das letzte Mal, dass sie gesehen wurden.

Michael kam erst nach zwei Stunden wieder zurück. Er war frisch geduscht und trug ein sauberes rot-kariertes Hemd und fast neue Jeans.

„Wo bleibst du denn?", begrüßte ihn Beate, ziemlich sauer, dass er so spät kam. Doch dann sah sie ihn genauer an.

„Was ist denn mit dir passiert?"

Michael sah ziemlich demoliert aus. Das rechte Auge war angeschwollen und würde in den nächsten Tagen sicherlich blau-grün schillern. Ein Pflaster klebte quer über der Wange. Die rechte Hand war unter einem dicken fleischfarbenen Verband verborgen.

„Ich bin im Stall ausgerutscht."

Mehr war von Michael nicht zu erfahren.

„Ach du Armer!"

Beate küsste ihn, nahm ihn an der unverletzten Hand und zog ihn auf die Tanzfläche. Es wurde ein schöner und ausgelassener Abend. Dass Hansi, Peter und Herrmann fehlten, ist in dem Trubel niemandem aufgefallen. Man vermutete sie, wenn man überhaupt Vermutungen anstellte, in einer Scheune im Heu ihren Rausch ausschlafend. Erst zwei Tage später wurde daher erst die Polizei alarmiert.

Das alles ist jetzt eine Zeitlang her, ohne dass man auch nur eine Spur der Männer gefunden hat. Wilde Spekulationen über Entführungen, Mafia-Morde oder Verschleppung durch Außerirdische grassierten im Dorf und sorgten für kurzweilige Diskussionen im Gasthof. Doch bald kehrte der Alltag wieder ein. Nicht, dass man die drei jungen Männer vergessen hätte, aber es gab Wichtigeres.

Beate und Michael haben geheiratet und erwarteten ihr erstes Kind. Sie hat sich als Schweinezüchterin sehr gut eingelebt. Der Hof und auch Michael blühten unter der Obhut der Frau sichtbar auf. Anfänglich war sie noch recht unsicher gewesen, das sie von Schweinen so gar keine Ahnung hatte. Lächelnd erinnerte sie sich an den Tag, als ihr Michael das erste Mal die Schweineställe gezeigt hatte.

„Was fressen denn Schweine so?"

Michael hat sie verwundert angeschaut, aber dann doch geduldig erklärt:

„Alles! Schweine sind Allesfresser."

„Auch Fleisch?"

„Ja, auch Fleisch. Am liebsten Kadaver."

Einmal hat Beate einen Jeansknopf in den Schweinekoben gefunden, den sie nicht zuordnen konnte. Sie hat ihn auf die Fensterbank im Stall gelegt und einfach vergessen.

Wahrscheinlich liegt er immer noch dort ....

****

Der Wunschengel

Draußen war wunderschönes Wetter. Es dämmerte bereits. Ihm blieb noch eine halbe Stunde Zeit für einen Spaziergang in das nahe gelegene Wäldchen, ehe das Fußballspiel übertragen werden würde. Das Bier stand kalt. Die Packung mit den Kartoffelchips lag noch verschlossen, um sie knusprig zu halten, in der Schale auf dem Tisch vor dem Fernseher. Es gab nichts mehr zu tun. Er machte sich auf den Weg.

Die Vögel zwitscherten ihm zu. Er blickte zum Himmel und verfolgte den Flug zweier krächzender Raben. Ein lauer Wind wehte. Was war das doch für ein wunderbarer Tag!

Plötzlich stand er vor ihm. So nahe, dass er ihn beinahe hätte berühren können. Wunderschön war er anzusehen. Sehr groß und fast durchsichtig. Leicht taubenblau getönt und schillernd in einem Faltenüberwurf, der fast bis zu den knapp über dem Gras der Waldlichtung schwebenden Füßen reichte. Die weit aufgespannten Flügel flatterten leicht aufgebauscht im milden Abendwind. Zart und halb durchsichtig, wie Libellenflügel.

Er sprach mit einer Stimme, gar nicht ätherisch, sondern fest und bestimmt, als wäre es die leicht genervte Stimme eines Postboten, der eine Sendung an der Haustür abzuliefern hätte:

„Du hast einen Wunsch frei. Einen einzigen! Überlege gut! Einmal ausgesprochen, ist er nicht mehr rückgängig zu machen."

Mit einer Hand hielt der Engel – und ihm war augenblicklich klar, dass es eines dieser Wesen sein musste, dessen Existenz er stets bezweifelt hatte – ein mächtiges Schwert über seinen Kopf erhoben. Drohend zielte nun die Spitze auf ihn, als er vor lauter Verblüffung nicht gleich eine Antwort gab. Er konnte nicht anders: Er sank mitten auf der Wiese auf die Knie und hob schützend die Hände vor das Gesicht. Nicht nur als Schutz vor der sehr scharf zu scheinenden Schneide des Schwertes, sondern auch vor dem Lichtstrahl, der von dem Schwert ausging und ihn blendete. Er stotterte und merkte, dass ihm heiß und kalt zugleich wurde, wie er zitterte und unter den Achseln schwitzte.

„Wieso gerade ich? Wie habe ich mir das verdient?"

Der Engel ließ das Schwert langsam zu Boden sinken. Die Spitze bohrte sich in das Erdreich ein und der Engel beugte sich etwas vornüber, um sich auf den reichlich verzierten und golden funkelnden Knauf zu stützen. In einem geradezu geschäftsmäßig schnarrenden Ton erwiderte er:

„Du bist auserwählt. Jedes Jahr sind es drei Kandidaten. Du bist einer von ihnen."

Verwirrt stotterte er:

„Was soll ich mir denn nur wünschen? Ich habe doch alles. Der Kühlschrank ist voll. Meine Mannschaft eilt von Sieg zu Sieg."

Missmutig gab der Engel zurück:

„Wünsch dir, was du willst. Aber überlege gut. Einmal ausgesprochen, kann, wie erwähnt, nichts mehr verändert oder zurückgenommen werden."

„Was haben sich denn die Kandidaten der letzten Jahre gewünscht?"

Die Stirn des Engels kräuselte sich und es gruben sich leichte Zornesfalten in die sonst makellose Haut ein (falls Engel überhaupt so etwas wie eine Haut besitzen sollten). Mit der Stimme, die zu seiner Erscheinung wirklich nicht passte, schnarrte er:

„Ganz verschieden. Gesundheit. Glück in der Liebe. Ein langes und unbeschwertes Leben. Frei sein von Schmerz. Wieder jung sein. Alles noch einmal von vorne, nur mit dem jetzigen Wissen. Das Übliche eben."

„Das Übliche also. Ich verstehe. Und niemals hat sich jemand etwas Außergewöhnliches gewünscht?"

„Nun, das, was ich soeben anführte, wurde jeweils schon immer ganz eigen formuliert. Der Inhalt blieb sich gleich. Der Eine wollte die Million im nächsten Lotto, korrigierte sich noch schnell genug und meinte: Nein, besser doch zwei Millionen, sonst reiche es nicht. Einer wollte seine Schwiegermutter zu mir nach oben wünschen, und zwar am selben Abend noch. Da musste ich korrigierend eingreifen, denn das geht nicht, das Leben eines anderen Menschen hier unten zu verkürzen. Wir einigten uns dann darauf, sie in eine andere Stadt zu transferieren. Einliegerwohnung mit Blick auf den Garten, alles ganz hübsch soweit. Einer wollte ein Auto mit der doppelten Anzahl an PS. Konnte er haben. Dann wieder einer, der einen stählernen Körper mit Sixpacks haben wollte. Der um ihn als Panzer geschlossene Stahl hat ihm dann aber doch nicht gefallen, doch wie gesagt: Rücknahme gilt nicht. Eine wollte ihre reichlich ausladenden Pobacken so hoch wie möglich geliftet haben. War ihr dann auch nicht Recht, weil die dann an den Schultern hingen. Du hörst heraus: Es ist wichtig, korrekt zu formulieren. Aber jetzt mach zu! Die Zeit läuft."

„Ist das denn zeitlich begrenzt, einen Wunsch zu äußern?"

„Nein, das zwar nicht. Aber mein Terminkalender ist voll. Und jetzt hat man mir das auch noch aufs Auge gedrückt."

Neugierig hakte er nach:

„Man? Wer ist das denn?"

„Das tut nichts zur Sache. Um das herauszufinden, hast du dein Leben lang Zeit. Wenn dir das nicht gelingt, wirst du es spätestens danach erfahren."

Die Flügel flatterten etwas lebhafter, obwohl der Wind nachgelassen hatte. Er verstand, dass er die Geduld seines ungewöhnlichen Gegenübers nicht über Gebühr strapazieren sollte. Aber wann begegnet einem schon einmal ein richtiger Engel?

Der Engel schien nachzudenken und er hatte Zeit, den Faltenwurf des Tuches, das die Gestalt kaum verhüllte, die Zartheit der Flügel, die kräftigen Arme, die sich noch immer auf dem Schwert abstützten, zu bewundern. Und das Gesicht! Oh ja, dieses einfach nur unbeschreibliche Gesicht!

„Da gab es noch einen. Ich erinnere mich wieder. Seltsamer, äußerst unangenehmer Typ. Voller Skepsis und Zweifel. Er wünschte sich das Nichts."

„Und? Bekam er es?"

„Ja natürlich! Was gewünscht wird, wird geliefert. Aber er vergaß vor lauter Begeisterung, in die er geraten war, den genauen Eintritt seines Wunsches zu bestimmen. So hatte auch er erst noch sein Leben zu Ende zu leben So ist das nun einmal, wenn man sich nicht klar genug äußert. Kaum zu glauben, wie sich nachher dieser seltsam verschrobene Mensch darüber schwarz geärgert hat. Den ganzen Rest seines Lebens. Aber es ist eben so: Wir sind angehalten, immer die einfachste Lösung auszuführen."

Wohl ungeduldig darüber, sich über Gebühr aufzuhalten, neigte sich der Engel fordernd noch etwas weiter vor und seine Augen glühten. Möglich, dass er sich darüber ärgerte, dass sich sein Auftrag so lange hinzog. Jedenfalls klang seine Stimme nun noch unterkühlter und zudem noch förmlicher:

„Genug jetzt! Sag deinen Wunsch! Die Zeit läuft mir davon. Das ist dir vielleicht egal, aber mir nicht."

Er starrte den Engel an und jetzt legte sich auch seine Stirn vor lauter Grübeln in Falten.

„Einen Wunsch? Ich habe keinen Wunsch."

„Keinen Wunsch? Nicht den kleinsten Wunsch?"

„Nein, mir fällt nichts ein."

Der Engel rieb sich sein leicht fliehendes Kinn. Ein verschmitztes, fast schon ironisches Lächeln huschte über sein Gesicht. (Können Engel überhaupt lächeln? Noch dazu verschmitzt oder ironisch?)

„Nun, da wird doch heute Abend dieses Fußballspiel gegeben, auf das du dich schon die ganzen Tage über freust. Du könntest doch wünschen, dass deine Lieblingsmannschaft dieses Spiel gewinnt? Wie wäre es damit?

Er blickte ihn erst erstaunt an, um dann empört und stolz zugleich loszupoltern:

„Nein, die Jungs von Bayern München gewinnen jedes Spiel! Das machen die ganz allein. Dazu brauchen sie weder dich noch mich!"

Der Engel fixierte ihn kurz mit skeptischer Miene.

„Du bist ein seltsamer Fall. Aber ich muss jetzt weiter. Keinen Wunsch? Wirklich? Letzte Gelegenheit!"

„Nein. Außerdem fängt das Spiel jetzt an. Gut möglich, dass der Anpfiff schon erfolgt ist. Ich habe keine Uhr dabei. Du vielleicht?"

Der Engel schüttelte geradezu unwillig den Kopf, sodass seine herrlichen Locken hin und herflogen. Dabei richtete er sich auf und fuhr sich mit einer Hand über die Stirn, als wollte er Schweiß abwischen (schwitzen Engel? Wohl kaum! Vielleicht wollte er auch nur eine vorgefallene Locke zurückstreichen), und zog und zerrte am Schwertgriff. Das Schwert war wohl etwas tiefer in die Erde gerutscht und hatte sich dort in der Tiefe verkeilt. Es dauerte, bis er es mit einem leichten Aufstöhnen wieder in die Höhe reißen konnte.

„Es ist deine Entscheidung."

Mit diesen Worten löste sich der Engel auf. In nichts! Nichts als Wiese und blauer Himmel sowie die Umrisse der sich am Rand der Lichtung erhebenden Kiefern waren an seiner Stelle wieder zu sehen. Es war, als hätte es ihn nie gegeben.

Die Vögel zwitscherten. Hatten sie in der Zwischenzeit geschwiegen? Er wusste es nicht. Eine Taube flatterte über seinem Kopf in die Lüfte empor.

Er stand auf, putzte sich die Hosenbeine ab, an denen Erdkrumen und einzelne Grashalme hingen. Eilig machte er sich auf den Heimweg.

Als er mit fliehendcm Atem die Wohnung betrat, stürzte er auf das Fernsehgerät zu, schaltete es ein und atmete auf. Denn genau im selben Augenblick, als er sich in den Sessel fallen ließ, die Tüte Kartoffelchips aufriss und dabei auf die laufenden Bilder starrte, strömten die beiden Mannschaften auf die Spielfläche. Schnell eilte er noch zum Kühlschrank, um sich die dort gut gekühlte Flasche Bier zu holen. Der Anpfiff erfolgte und das Spiel begann. Selbstverständlich gewann seine Mannschaft.

****

Das Leben ist ein großes Kino

Genau hier, im voll klimatisierten Saal 3 des größten Kinokomplexes der Stadt, findet es statt: Mein Leben. Woher ich dämliche Kakerlake das so genau weiß? Ganz schön naseweis! Dabei steht es doch auf jeder Kinokarte, die unter den Plüschsesseln zu mir segelt.

Ihr meint, als Kakerlake ist man nicht wählerisch? Täuscht euch da nur ja nicht! Inzwischen wird nicht mehr jeder herunter tropfende Klecks Ketchup aufgeleckt, sondern es muss schon derjenige mit pfeffriger Chilinote sein, in den ich mein Mäulchen tunke. Und mit vor Fett triefenden Pommes kann man mich inzwischen jagen. Schließlich muss ich auch auf meine Linie achten. Richtig schwach werde ich allerdings, wenn eines dieser mit Schokolade umhüllten Eisbonbons in meine Welt unterhalb von Sitz 233 fällt, auf dem Boden aufplatzt und der herrliche Geruch nach Vanille meine Tentakel zum Vibrieren bringt.

Dazu kommt, wenn mir nach feiern ist, so mancher gute Schluck Bier aus einer unter den Sitz rollenden Dosen. Cola gibt es ohnehin bis zum Abwinken. Kaugummis rühre ich nicht an, sondern nutze sie allenfalls zum Abdichten meiner kleinen Wohnhöhle. Wo sie genau ist, wollt ihr wissen? Dass ihr mir womöglich den Kammerjäger auf den Hals schickt? Schön blöd wäre ich, es euch zu verraten.

Bei dieser kalorienreichen Ernährung habe ich mich allerdings für meine Weibchen, die ich taktisch klug über die verschiedenen Sitzreihen verteilt habe, fit zu halten. Trägheit ist Tod, sage ich ihnen, wenn ich sie wieder dabei erwische, wie sie bis zum Po in einem Stück Hamburger stecken und sich wacker voran beißen. Täglich 5 bis 6 Bahnen rund um die gesamten Sitzreihen, das ist das Minimum an Lauftraining, das ich mir abverlange. Natürlich erst dann, wenn das Menschenvolk entweder still in den Sesseln hockt oder das Kino geschlossen hat.

Das Geflimmer vorne, mitsamt allem Geschrei und Gekreische, stört mich schon lange genauso wenig wie die gellenden Schüsse, quietschenden Autoreifen, die Explosionen, die über die Sitzreihen hinwegfegen, das Gebrüll und Röcheln von Monstern oder auch das Stöhnen und Schluchzen sich umarmender Pärchen. Sobald ein Film endet und das große Trampeln um mich herum beginnt, halte ich Siesta.

Täglich ziehen ganze Scharen Zweibeiner über mich hinweg. In Mußestunden nehme ich mir die Zeit, ihnen beim Tuscheln und Lachen, ihren Zoten und dem ganzen Kram, was sie ebenso beschäftigt, zuzuhören. Verstohlen im Schutz der Dunkelheit wandern dann ihre Hände unter die Kleider, die Münder lösen sich den ganzen Film über nicht mehr voneinander und der dabei ausbrechende Schweiß (oder was immer es auch sein mag) klebt dann oftmals einfach nur eklig im roten Polsterbezug. Von dem Ruckeln der Kinositze wird mir manchmal ganz übel. Wenn es mir zuviel wird, wandere ich ein paar Sitzreihen weiter. Dort wartet eines meiner Weibchen und ich verbinde dann das Nützliche mit dem Angenehmen.

Dazulernen kann ich von den Zweibeinern schon lange nichts mehr. So Manchem würde ich gerne zeigen, wie es richtig anzupacken ist. Aber mich fragt ja keiner.

Manch einem, der sehr schlecht riecht oder mich mit röhrendem Schnarchen in meiner Ruhe stört, krabbele ich schon einmal ins Ohr, sodass er hochschreckt und den Platz wechselt. Bei Gruppen von Jugendlichen, die nur kreischen und schreien, wandere ich inzwischen aus, obwohl sich erfahrungsgemäß unter ihrem Sitz nach der Vorstellung die Leckereien häufen.

Überraschungen erlebt man trotzdem immer wieder. So wurde ich einmal von einem Schwall Flüssigkeit, der auf mich niederstürzte, ein paar Reihen weggeschwemmt. Am Geruch erkannte ich, dass hier jemand den Weg zur Toilette nicht mehr geschafft hatte. Oder da gab es den in den Saal eingeschmuggelten Dackel, der die auf der Leinwand ablaufende Verfolgungsjagd nachahmen wollte und mich dazu als Opfer auserkoren hatte.

Meine Welt ist das Paradies auf Erden. Denn es gibt so manche Filmmusik, die mich zum Hinschmelzen bringt, mich innerlich wie ein nasser Keks weich werden und die Welt um mich herum vergessen lässt. Diese Leidenschaft hätte mich schon einmal fast das Leben gekostet, weil ich die Erschütterungen von Schritten zu spät registriert hatte und fast zertreten worden wäre.

Gut, es gibt die Putzkolonnen, die regelmäßig mit dem Sirren der Staubsauger nerven und Lücken in die Reihen meiner unvorsichtigen Nachkommenschaft reißen. Vor allem deshalb, weil meine Racker dazu übergegangen sind, die Sitze der vorderen Reihen zu belegen, von dort aus auf die Leinwand zu starren und einzuschlafen. Diese Unvorsichtigkeit könnte uns allen eines Tages Kopf und Kragen kosten. Aber, wie gesagt, auf mich hört ja keiner.

Auch wir gehen mit dem Zeitgeist und schmunzeln über unsere Vorfahren, die noch in Ausgüsse hausten und ihr karges Leben bei Schuppen und Haaren fristeten. Dagegen geht es uns doch verdammt gut!

Mein Ziel: Die Zahl der Nachkommenschaft nicht nur zu erhalten, sondern auch zu vermehren. Es warten schließlich noch viele weitere Kinosäle auf uns...

****

One Rupee

Ausgerechnet hier wurde ihr auf einmal alles zuviel. Inmitten ihres so geliebten Indiens, umringt von einer Schar handverlesener Touristen, die an ihren Lippen hingen und jede ihrer Äußerungen mitschrieben! War es die erdrückende Hitze, der Dreck, durch den sie in der Dunkelheit barfuß laufen musste, ohne zu wissen, was ihre Zehen da im Einzelnen berührten, der Gestank, der von den Körpern und den verschwitzten Kleidern der Tempelbesucher ausging, oder war es alles zusammen, was ihr die Luft zum Atmen nahm?

Eingezwängt zwischen Menschen aller möglichen Nationalitäten wurde sie mit der von ihr betreuten Reisegruppe zu den einzelnen Stationen des Tempels geschoben: Dem funkelnden Öllämpchen, dem von Blumengirlanden umrankten Götterbild, hin zum Brahmanen, der, sofern er eine Gabe erhielt, jedem einen roten Punkt auf die Stirn malte.

Standhaft eroberte sie sich ein Plätzchen in einem von Opferfeuern verräucherten Winkel des Tempels. Von hier aus ließ sie nun ihre gut vorbereiteten Daten und Informationen auf die kleine Gruppe strömen. Das war ihr Job, mit dem sie sich mehr recht als schlecht ihren Lebensunterhalt verdiente. Wie ausgetrocknete Schwämme sogen sie ihr Wissen auf. Eigentlich sollte sie zufrieden sein, dass ihr mit so viel Interesse zugehört wurde. Doch diese Touristen waren wie Vampire, die sie aussaugten und davon abhielten, ihre eigentliche Berufung zu erfüllen – wissenschaftlich zu arbeiten. Stattdessen musste sie sich tagtäglich mit Dilettanten und Möchtegern-Indologen herumschlagen, deren naive und aus angelesenem Halbwissen stammende Fragen sie zunehmend nervten.

Niemand merkte, was in ihr vorging. Sie versprühte weiterhin den Witz und abgeklärten Charme, der sie als Reiseleiterin so beliebt machte. Am liebsten hätte sie jedoch alles hingeworfen, sich eine

Bahn durch die schwitzenden Menschmassen gebrochen, um schreiend aus dem Tempel zu laufen.

Ihr war schwindlig. Sie hasste sich dafür, diesen Job angenommen zu haben, weil es zu einer gut bezahlten Stelle an der Universität einfach nicht gereicht hatte. Keine Professur in Sicht, die Karriere abgeblockt, weil sie mit ihrer aufmüpfigen Art aneckte und sich nicht unterordnen konnte. Dafür durfte sie jetzt die Hure der Wissenschaft spielen, sich diesen absoluten Ignoranten gegenüber, die von Tuten und Blasen keine Ahnung hatten, mit ihrem Wissen prostituieren. Reise, Kost und Logis frei, dazu ein spärliches Taschengeld, das war es also, was aus ihrer langjährigen Ausbildung herausgesprungen war. Frau Professorin in spe!

Innerlich spuckte sie Gift und Galle. Äußerlich blieb sie indes die lächelnde Güte in Person, die geduldig jedes Wort so lange wiederholte, buchstabierte, in Silben zerlegte, bis es selbst diese Dumpfbacke von Brauereibesitzersohn aus Niederbayern vor ihr verstanden und aufgeschrieben hatte.

Mitten in ihren Erklärungen über den tanzenden Nataraj, der auf einem Dämonenzwerg steht, zupfte etwas an ihrem leichten Baumwollkleid. Sie achtete nicht auf die Störung, obwohl es bald darauf erneut und dann zum dritten Male zupfte und sie auch sah, wie sich ihre Zuhörer von diesem Etwas an ihrem Bein ablenken ließen.

Schließlich konnte sie nicht mehr anders und schaute auf das kleine, unbeschreiblich dünne Mädchen herunter, das da an ihrem Kleid hing und mit wagenradgroßen Mondaugen zu ihr emporblickte. Das Mädchen bestand nur aus Knochen, die von ausgetrockneter Haut überzogen waren. Sein Gesicht hatte etwas Lebensfernes an sich, als befände es sich schon gar nicht mehr auf dieser Welt. Wirr stand ein Filz von Haaren von seinem Kopf ab. Sein Kleidchen war zerrissen und fand kaum noch Halt an seinem skelettartigen Körper. Fordernd hielt es ihr eine knöcherne Hand hin. Aus dem Mündchen des Kindes kamen leise, aber klar und deutlich verständlich, immer dieselben Worte:

„One Rupee!"

Sie versuchte, das Mädchen aus dem Feld ihrer Aufmerksamkeit auszublenden. Doch je mehr sie jetzt auf die patriarchalische Rolle der indischen Götterwelt einging, in der die lokal ansässigen und führenden Göttinnen vereinnahmt und in eheähnlichen Beziehungen unterjocht wurden, desto wütender wurde sie, da das Zupfen an ihrem Kleid nicht aufhören wollte. Was war das nur für ein Land, in dem das Heiligste, das für sie selbst zum Inbegriff an Glauben geworden war, im Dreck versank und es nur noch um Geld ging? Um dagegen anzukommen, sprach sie nun über die eherne Reinheit der Sanskritschriften, die sich gerade von dieser irdischen Anhaftung lösten. Das Mädchen zupfte weiter an ihrem teuren Kleid und wisperte:

„One Rupee!"

Sie ärgerte sich, denn das Kind hatte sie völlig aus dem Konzept gebracht. Doch was soll`s – diese Trottel vor ihr würden es ohnehin nicht merken, wenn sie einfach wieder an irgendeiner x-beliebigen Stelle der reichhaltigen indischen Mythologie einsetzte. Da sah sie, dass die meisten ihrer Reisegruppe, und ganz besonders dieser fette, dem Elefantengott Ganesha ähnliche Brauereibesitzersohn nur noch Augen für das Mädchen zu ihren Füßen hatten. Jetzt stahl diese Kröte ihr auch noch die Show!

In ihren Kultursermon flocht sie nun ein paar abgelutschte Witzchen aus der zynischen Ecke mit ein, brachte damit Einige zum Lachen und zwang sie wieder in die ihr gebührende Aufmerksamkeit zurück. Na also! Noch ein paar kurze Vergleiche zu Europa, christlicher Schuld und dazu der hiesige Begriff der Vorherbestimmung keck dagegen gesetzt, schon konnte sie sicher sein, sie alle wieder auf ihre Seite zu ziehen.

Wieso nur, fragte sie sich, ging in diesem Land alles so den Bach herunter? Korruption, Hitze, Faulheit, Trägheit, Kasten – alle kolonialistischen Thesen, die einst schon durch die Besatzer über dieses Land ausgeschüttet worden waren, fielen ihr dazu wieder ein. Wieso ging dieser Klotz da an ihrem Bein nicht in die Schule, sondern schlug sich mit Betteln durch sein elendes Leben?

Nicht mit ihr! Sie redete sich in Fahrt, nahm den Kampf mit diesem Knochengestell zu ihren Füßen auf. Ja, dies war ihr Dämon, der sie provozierte, gegen den sie mit ihren Worten anzutanzen hatte, der ihre Nerven mit seinem Geplärre zerrieb, mit seinem stechenden Blick entzündete und ihre ganze Autorität im Nu zu Dampf vernebelte.

„One Rupee!"

Außer sich vor Wut, beugte sie ich zu dem Mädchen herunter. Nein, sie würde es jetzt sicherlich nicht schütteln, nicht anschreien, nicht schlagen, nichts von alledem! Dieses verlotterte Kind würde sie nicht noch weiter erniedrigen! Innerlich zurückfahrend, unterkühlt wie ein Eisschrank, beherrscht und unnahbar streckte sie nun ihrerseits dem Mädchen die Hand entgegen und wiederholte mehrmals:

„One Rupee! Give me one Rupee!"

Dabei verzogen sich ihre Lippen zu einem geradezu diabolischen Grinsen, denn sie sah, wie das Kind erschrocken zurückwich und Angst, Unverständnis und so etwas wie Verzweiflung in seinen Augen aufstieg. Doch im gleichen Augenblick wurde ihr bewusst, dass ihre Wut sie über eine Grenze hinaus getrieben und weit über sie hinweg katapultiert hatte, die sie unbedingt hätte einhalten müssen. Sie hatte dem Mädchen in dem Versuch, es bloßzustellen, jeglichen Respekt aberkannt. Und nicht nur dies: Sie hatte sich vor ihm schuldig gemacht. War es denn gerecht, die Auswüchse des Systems, das sie seit Jahren bekämpfte und hinterfragte, diesem unschuldigen Kind anzulasten? Wie billig war das nur, Frau Professorin in spe, sich am schwächsten Glied rächen zu wollen! Plötzlich erinnerte sie sich an das Kind, das sie selbst einmal gewesen war. Sie sah, was sie sich einst erhofft, gewünscht und erträumt hatte und erblickte die Bilder ihrer Kindheit in den furchtsamen Augen des Mädchens widergespiegelt. Die Mitglieder ihrer Reisegruppe schwiegen betreten. Langsam erhob sie sich, schüttelte ihr Kleid aus und flüchtete sich in weitere Ausführungen über die Götterwelt Indiens hinein. Doch sie spürte deutlich, das ihr niemand mehr zuhörte. Noch immer stand das Mädchen wenige Schritte von ihr entfernt und starrte sie an.

Sie drehte sich so, dass sie nicht mehr in diese abgrundtief traurigen Augen schauen musste, aber sie spürte den Blick des Kindes deutlich in ihrem Rücken. Als sie schließlich wieder Halt an ihrem Wissen gefunden und sich soweit gefangen hatte, um die Kraft zu besitzen, sich dem Mädchen wieder zuzuwenden, war es fort. Sein stechender Blick blieb indes zurück.

Den restlichen Nachmittag über, den die Gruppe der Hitze wegen im schattigen Innenhof am Pool des alten Kolonialhotels verbrachte, war sie zutiefst erschöpft und fühlte sich wie ausgebrannt. Das Gefühl, als Mensch vor diesem Kind versagt zu haben, nahm zu, je länger sie darüber nachdachte. Nach dem zerkochten Essen, das ihr nicht geschmeckt hatte, saß sie am Pool und starrte ins Wasser. Alles um sie herum erschien ihr schal und farblos. Wo mochte das Mädchen jetzt sein? So halb verhungert und ausgemergelt würde es, wenn keine Hilfe käme, wohl kaum mehr lange zu leben haben. Wer hatte ihr das Recht gegeben, dem Kind diese bescheidene von ihm geforderte Gabe nicht nur zu verweigern, sondern in zynischer Weise das Geld zudem noch von ihm, das nichts besaß, zu fordern? Sie hatte, indem sie das Mädchen lächerlich zu machen versuchte, sich nur selbst lächerlich gemacht.

Es half nichts, sie musste am Abend laut Programm nochmals in denselben Tempel, da der Gott Shiva und seine Gattin Parvati zur Nacht gebettet werden würden.

Noch immer lastete die Hitze wie eine Decke aus Feuer schwer über der Stadt. Inzwischen war es dunkel geworden. Der vollklimatisierte Bus brachte sie nur schleppend langsam durch das hupende und lärmende Verkehrsgewühl ihrem Ziel näher. Während der Fahrt hatte sie die Mitglieder der Reisegruppe mit Details des zu erwartenden Events zu unterhalten.

Der Bus tauchte vor dem Tempel in eine noch größere Menschenmenge als am Vormittag ein. Sie stiegen aus, reihten sich ein und wurden in den Tempel hinein gepresst.

Unwillkürlich schaute sie sich nach dem Mädchen um. Hielt sie doch die ganze Zeit über eine Münze in der verschwitzten Hand, um sie dem Kind so schnell wie möglich zuzustecken.

Plötzlich stand das Mädchen wenige Schritte vor ihr. Freudig erregt eilte sie auf die Gestalt zu, die nicht, wie sie zuerst befürchtet hatte, vor ihr zurückwich. Wie eine Götterstatue stand das Kind und hielt den rechten Arm mit geöffneter Hand ausgestreckt. In der Hand lag die gleiche Münze, die auch sie selbst für das Mädchen bereit hielt. Mit einem Nicken forderte das Kind sie auf, die Münze zu nehmen. Sie schüttelte verneinend den Kopf und hielt dem Kind die eigene Münze entgegen.

Doch da, einen Schritt vor ihr, holte das Mädchen aus, warf ihr die Münze vor die Füße und verschwand. Das Lächeln gefror ihr auf den Lippen. Wie erstarrt stand sie da. Nichts nahm sie mehr wahr, nicht den Tempel, nicht die Reisegruppe, nicht den Lärm. Nur ihre Scham, in deren Schwärze sie versank. Niemand aus ihrer Gruppe hatte ein Wort gesagt, aber sie hatte das Klicken der zahlreichen Kameras gehört.

1 Rupee = 0.011 Euro

****

Wo das Verbrechen zu Hause ist

Es musste schon mehrmals geläutet haben, denn der Ton der Klingel schien eindringlicher und fordernder zu sein. Da er unter der Dusche stand, hatte er es nicht gleich gehört. Im Bademantel und mit triefend nassen Haaren öffnete er.

„Sie nehmen doch ein Paket für die Nachbarn an? Dort macht mir niemand auf. Bitte hier unterschreiben."

Er beugte sich vor und setzte einen unleserlichen Krakel auf das Display. Dabei öffnete sich der Kordel des Bademantels, was ihm der Postbotin gegenüber ziemlich peinlich war. Mit einer gemurmelten Entschuldigung raffte er den Frotteestoff schnell wieder zusammen. Das Paket war wuchtig und schwer. Er schob es mit einem Fuß in den Hausgang hinein und machte sich für die Arbeit fertig.

Erst am späten Abend kehrte er von einer wieder einmal nicht endenden Teambesprechung im Büro zurück. Schmerzlich wurde er an das Paket erinnert, als er im dunklen Hausgang darüber stolperte und sich dabei das Schienbein empfindlich anstieß. Etwas schepperte und klirrte in dem Paket und er hoffte, dass nichts zerbrochen war. Zum Überbringen war es bereits zu spät.

Gleich am nächsten Morgen klingelte er bei dem ihm bisher unbekannten Nachbarn. Eine kleine, gedrungene und strohblonde Frau mit Lockenwicklern in den Haaren und einem blauen Chiffonkleid öffnete auf einen schmalen Spalt hin die Tür. Ihr Blick war messerscharf und erinnerte ihn irgendwie an einen Greifvogel. Gleichzeitig jedoch ging etwas von ihr aus, was ihn magisch anzog.

Er hatte das schwere Paket zu seinen Füßen abgestellt. Der Geruch nach deftigem Braten drang durch den Türspalt zu ihm hinaus und das Wasser lief ihm im Mund zusammen, während er daran dachte, dass es bei ihm in der Kantine nur wieder ausgekochtes Fenchelgemüse geben würde.

„Ach, da sind sie ja endlich, meine verloren geglaubten Töpfe! Ich habe schon mit Gott und der Welt telefoniert, wo sie abgeblieben sind. Das ist aber wirklich nett von Ihnen."

Sie versuchte das Paket hochzuheben, aber er kam ihr zuvor.

„Das ist doch viel zu schwer für Sie! Lassen Sie nur, ich stelle es Ihnen irgendwo in der Wohnung ab. Das riecht aber gut bei Ihnen!"

Damit drückte er sich mit dem Paket voraus gegen die Tür, doch sie hielt ihn auf.

„Stellen Sie das Paket einfach hier ab. Ich kann Sie jetzt leider nicht in die Wohnung lassen. Es ist absolut nicht aufgeräumt. Und ich sehe auch nicht gerade einladend aus. Haben Sie vielen Dank."

Und nach kurzem Zögern:

„Mögen Sie eigentlich Fleisch?"

Jetzt war es ihm gelungen, das Paket doch noch gegen den Widerstand der Frau in den Wohnungsflur hinein zu schieben. Der Geruch nach lange nicht mehr genossener fleischlicher Hausmannskost raubte ihm schier den Verstand.

„Ja sehr. Vor allem, wenn ich an den zerkochten Fraß denke, den ich täglich in der Kantine vorgesetzt bekomme."

„Lassen Sie doch bitte das Paket hier stehen! Darf ich Sie zum Essen einladen? Heute Abend um acht Uhr, passt es Ihnen?"

„Sehr gerne", antwortete er verdattert.

„Bringen Sie viel Hunger mit. Ich freue mich."

Sie schob ihn mit erstaunlicher Kraft aus der Tür hinaus.

Den ganzen Tag über ließ ihn der würzige Bratengeruch nicht mehr los. Das Fenchelgemüse in der Kantine verschmähte er. Er überlegte, was er als Geschenk am Abend mitnehmen könnte. Ein Geschenk für eine ihm völlig Unbekannte auszusuchen war nicht gerade einfach. Er entschied sich für gelbe Tulpen. Als er ihr jedoch am Abend die Blumen überreichen wollte, wehrte sie entsetzt ab.

„Die armen Dinger! Abgeschnitten und damit zum langsamen Sterben verurteilt. Riechen Sie daran! Riecht so nicht der Tod?"

Gehorsam beugte er sich vor und roch an den Blumen. Und tatsächlich, er konnte einen leicht süßlichen Geruch nach Verwesung wahrnehmen. Oder war es Parfüm, das von ihrem Dekolleté ausging?

„Nehmen Sie die Dinger wieder mit. Ich bitte Sie darum. Vielleicht können Sie sie ja umtauschen. Oder es gibt da vielleicht eine Herzensdame, die sich noch über Pflanzenleichen freut."

Er stand jetzt etwas hilflos mit dem Blumenstrauß in der Hand an der Tür. Sie schien Mitleid mit ihm zu haben, denn sie eilte in die Küche und kam mit einem großen Glas Wasser wieder zurück.

„Stellen Sie die Blumen hinein und nehmen Sie sie dann beim Nachhause gehen wieder mit."

Verlegen steckte er den Strauß in das Wasserglas und stellte es vor die Haustür. ‚Was für eine seltsame Frau', dachte er und fühlte sich wie ein Schuljunge, der wegen einer Dummheit gescholten worden war.

Sie bat ihn einzutreten. Das ganze Haus roch nach Essen. Doch es roch jetzt anders, fruchtiger und schärfer gewürzt. Im Flur war es dunkel. Alle angrenzenden Türen waren bis auf die im Esszimmer geschlossen.

„Kommen Sie",

sagte die Frau und ließ ihn ins Esszimmer vorausgehen.

„Ich hab mich sehr auf diesen Abend gefreut."

Sanftes Kerzenlicht gab dem Raum eine anheimelnde Atmosphäre. Der Tisch war nur für eine Person gedeckt. In der Mitte stand eine dampfende Suppenterrine, aus der sie ihm nun auf den Teller schöpfte. Danach goss sie ihm Rotwein aus einer Karaffe in ein Bleikristallglas.

„Sie essen gar nicht mit?"

„Ich bin streng auf Diät und esse abends nie etwas. Doch ich denke, bei Ihrer Figur erledigen Sie auch meinen Part mit. Ich schaue Ihnen gerne zu, wie es Ihnen schmeckt."

Er fragte sich, ob er die Bemerkung über seine Figur als Kompliment oder als Anspielung auf seinen in letzter Zeit bedrohlich wachsenden Bauch nehmen sollte, entschied sich dann für Ersteres und gab zurück:

„Das Kleid steht Ihnen wirklich ausgezeichnet."

„Finden Sie wirklich? Es ist mein Hochzeitskleid und 19 Jahre alt."

„Das sieht man weder dem Kleid noch Ihnen an."

„Sie sind mir vielleicht ein Schmeichler! Aber so essen Sie doch, ehe es kalt wird."

Es war eine Leberknödelsuppe, die stark gewürzt und so fett war, dass dicke Fettaugen obenauf schwammen. Kaum hatte er mit dem Löffel den Boden des Tellers erreicht, schöpfte sie ihm nach.

„Und Ihr Mann? Der ist bei dieser guten Küche sicherlich genau so jung geblieben wie Sie."

Mit einem unergründlichen Lachen erwiderte sie:

„Da können Sie Gift darauf nehmen! Ich achte sehr darauf, dass er so bleibt, wie er ist."

Schweigend löffelte er weiter. Die Suppe schmeckte etwas streng. Vielleicht hatte sie Wildfleisch dafür verwendet. Nachdem er seinen Teller geleert und eine weitere Auffüllung mit der Hand abgewehrt hatte, trug sie die Terrine hinaus. Er hörte es in der Küche rumoren. Sie hatte ihn freundlich, aber energisch wieder auf den Stuhl gedrückt, als er sich erboten hatte, ihr zu helfen.

„Bleiben Sie sitzen. Ich mach das schon. Sie sind mein Gast."

Er schaute sich um. Ein paar alte Holzstiche mit Jagdmotiven hingen an den Wänden. Auf der Anrichte lag eine Aktentasche. Er rief in die Küche:

„ Wo ist denn Ihr Mann heute Abend?"

Sie schien ihn nicht verstanden zu haben, denn es erfolgte keine Antwort. Bald darauf erschien sie mit einer Platte aufgeschnittenem Braten. Verträumt und zart stach sie in zwei Scheiben hinein und legte ihm diese liebevoll vor.

„Er ist auf Geschäftsreise. Wie immer. Aber er ist jetzt trotzdem ganz nah bei mir."

Das Essen war mehr als üppig. Die dunkel gebräunte Soße war ebenfalls sehr fett. Er trank sehr viel Wein, den er sich aus der Karaffe inzwischen selbst einschenkte. Auch sie hatte sich ein Glas mit Wein gefüllt, an dem sie hin und wieder nippte. Als nächsten Gang gab es Königspastete.

„Ich weiß nicht, wohin ich das alles noch essen soll. Das ist Hühnchen, nicht wahr? Es schmeckt vorzüglich. Als Kind war das mein Lieblingsgericht."

Grübelnd stützte sie ihr hübsches Kinn auf die Handinnenfläche und schaute ihm dabei zu, wie er kaute und schluckte.

„Ja, Sie haben eigentlich Recht. Das könnte man bei diesem weißen Fleisch durchaus denken. Ich bin selbst überrascht."

Sie gefällt mir. Die Chemie stimmt, stellte er zufrieden und mit glasigem Blick fest. Warum hat sie mich eingeladen, obwohl doch ihr Mann nicht zu Hause ist? Das ist doch eindeutig. Und dann dieser betörende Ausschnitt!

Sie sprachen angeregt über Filme und Reisen, über Kochrezepte und die Nachbarn, doch er kam ihr einfach nicht näher. Es war, als wäre eine unsichtbare Wand zwischen ihnen. Vielleicht lag es daran, dass sie andauernd über ihren Mann sprach, sodass es ihm schien, als sitze dieser persönlich am Tisch.

„Sein halbes Leben hat er in der Werkstatt im Keller verbracht. Schrauben, bohren, hämmern – auf die Dauer ganz schön nervtötend, sage ich Ihnen! Mich als Frau nahm er gar nicht mehr wahr. Bis..., aber Sie haben ja gar nichts mehr zu trinken. Möchten Sie ein Schnäpschen nach dem fetten Essen? Das ist gut für die Verdauung."

‚Eine vernachlässigte Frau', dachte er. ‚Was für eine gute Ausgangsbasis.'

Ihr Dekolleté schien ihm tiefer als zu Beginn des Abends, die leicht vorquellenden Brüste üppiger. Er war erregt und sich über den weiteren Verlauf des Abends sicher. Beim Zuprosten hatte sie ihm ein verheißungsvolles Lächeln geschenkt. Doch umso überraschter war er, als sie mit vorgehaltener Hand unauffällig gähnte.

„Ich bin hundemüde. Bitte seien Sie mir nicht böse, aber ich möchte jetzt Schlafen gehen. Besuchen Sie mich bald wieder. Wie wäre es Übermorgen um die gleiche Zeit? Aber dann bitte ohne Blumen! Sie können doch kommen? Wunderbar."

Draußen regnete es. Ernüchtert ging er die kurze Strecke zu seinem Haus zurück. Dort stopfte er die Tulpen in den Mülleimer, denn der leichte Verwesungsgeruch der Blumen gab ihm das Gefühl, auf einem Friedhof vor einem offenen Grab zu stehen.

Jeden zweiten Abend erschien er von nun an bei ihr zum Essen mit einer Flasche Sekt. Die Abende verliefen immer auf die gleiche Weise. Sie legte ihm auf, aß aber selbst niemals etwas. Das reizende Dekolleté ihres blauen Chiffonkleides, das sie dabei stets trug, ließ sein Herz höher schlagen. Er aß, trank Wein, manchmal auch einen Schnaps und die Unterhaltung war anregend und vielversprechend. Nach dem Essen wurde er jedoch ziemlich bald freundlich aber bestimmt verabschiedet.

An einem dieser Abende fiel ihm wieder die Aktentasche auf, die wie ein Mahnmal auf der Anrichte lag.

„Ist er denn immer noch oder schon wieder auf Reisen?"

„Ja, ich bekomme ihn kaum mehr zu Gesicht. Stellen Sie sich vor, ich habe mir von ihm eine Skulptur angefertigt und sie mir auf das Nachtkästchen gestellt, um ihn auf diese Weise wenigstens ein bisschen bei mir zu haben"

„Ach, wie interessant! Sie töpfern selbst?"

„So würde ich es nicht gerade bezeichnen. Ich habe da so eher meine eigene Art herausgefunden, mit Materialien umzugehen."

An diesem Abend, als es nach einer überaus deftigen Gulaschsuppe Filet Stroganoff gab und danach noch ein übergroßes Stück Rumpsteak folgte, musste er die Toilette aufsuchen. Das war ihm etwas peinlich, da er spürte, wie ungern sie ihm Zutritt zu den anderen Räumen des Hauses gewährte. Doch sein dringendes Bedürfnis ließ sich nicht länger verschieben, sodass sie ihm nach kurzem Zögern und mit leichtem Stirnrunzeln den Weg zur Toilette beschrieb:

„Geradeaus bis zum Ende des Ganges und dann links, Gehen Sie mir nicht in der Dunkelheit verloren. Die Lampe dort ist kaputt. Beeilen Sie sich. Der nächste Gang wartet schon auf Sie."

Als er aufstand und den Raum mit der leise perlenden Klaviermusik von Schumann verließ, spürte er deutlich ihren Blick im Rücken. Sie liebte Schumann. Er wusste jetzt schon so viel von ihr. Und dennoch gelang es ihm nicht, ihr näher zu kommen. Das kann so nicht weitergehen! Während er sich die Hände wusch, kam ihm die Idee, wie er sein Ziel erreichen könnte. Nüchtern betrachtet war diese vermeintlich geniale Idee sicherlich seinem übermäßigen Weingenuss zuzuschreiben. Er ließ das Wasser ins Waschbecken laufen, während er über den Gang zur gegenüber nur angelehnten Tür schlich und in den dahinter liegenden Raum spähte. Jetzt würde er es wagen, sie in ihrem eigenen Schlafzimmer zu überraschen. Er würde sich einfach ins Bett legen und ihre Reaktion abwarten, wenn sie nach einiger Zeit nach ihm suchen würde. Jetzt oder nie!

Vorsichtig schob er die nur angelehnte Tür auf, um jedes Quietschen der Türangel zu vermeiden, das seinen Plan vereiteln könnte.

Auf dem Nachtkästchen sah er gleich die von ihr erwähnte Skulptur, denn das Licht aus der Toilette fiel über den Flur in das Schlafzimmer hinein. Es grinste ihm ein weiß gebleichter Totenschädel mit einem lückenhaften Gebiss entgegen, dem eine Brille aufgesetzt war. Schlagartig war er nüchtern und beeilte sich, ins Esszimmer zurückzukehren.

„Ihr Mann, trägt er eine Brille?"

„Ach, Sie haben ihn doch einmal vor dem Haus gesehen? Stellen Sie sich vor, er besitzt nur eine einzige Brille, obwohl er ohne sie blind wie ein Maulwurf ist. Sie ist ihm sozusagen inzwischen schon auf dem Kopf festgewachsen. Er weigert sich standhaft, sich eine Zweitbrille zuzulegen. Sie essen ja gar nicht weiter? Schmeckt es Ihnen heute nicht?"

Er entschuldigte seinen abrupten Aufbruch damit, dass noch Arbeit auf ihn warten würde. Beim Abschied an der Haustür gab er ihr nicht, wie gewohnt, die Hand. In der Nacht schlief er keine Minute. Der Magen schien ihm jeden Moment zu platzen. Es wurde ihm stetig schlechter und irgendwann musste er sich erbrechen. Doch den faden, fettigen Geschmack im Mund wurde er trotz Zähneputzen und wiederholten Mundspülungen nicht los. Das Fleisch, dessen war er sich jetzt sicher, hatte nicht erst an diesem Abend einen deutlichen Stich gehabt.

Im Laufe der Nacht purzelten die Erlebnisse der Abende bei der Nachbarin in ihm durcheinander und formten sich dann zu einem Gesamtbild, das er zunächst noch entsetzt von sich schob, bis er es schließlich schweißgebadet als einzig anzunehmende schlüssige Erklärung akzeptierte.

Beim ersten Morgengrauen stand er auf, zog sich rasch an und verließ ohne Frühstück das Haus. Als er in seinen Wagen einstieg, schaute er verstohlen zu ihrem Haus hinüber. Es schien, als bewegte sich am Wohnzimmerfenster die Gardine.

Auf dem Polizeirevier hörte ihm der Beamte mit skeptischem Blick zu. Es wurde ein Protokoll aufgenommen und mit der Bemerkung ‚Wir werden der Sache nachgehen' wurde er entlassen. Den nächsten Tag verbrachte er wie auf glühenden Kohlen. Er konnte weder schlafen noch konzentriert arbeiten. Niemals wieder, so schwor er sich, würde er das Haus der Nachbarin betreten. Aber schon am nächsten Abend stand er wie gewohnt vor ihrer Tür und klingelte.

Schwere Bratengerüche stahlen sich durch die Fugen der Eingangstür und verursachten ihm Übelkeit. Als sie wieder im gewohnten Chiffonkleid öffnete, stürmte er an ihr vorbei in die Küche. Dort riss er die Kühlschranktür mit dem integrierten Gefrierschrank auf. Die Hälfte der Fächer war mit Fleischportionen vollgepfropft.

Fassungslos blickte sie ihn an, als er ein blutiges Steak herauszog und es ihr vor das Gesicht hielt.

„Was haben Sie mit ihrem Mann gemacht? Ist es das, was noch von ihm übrig geblieben ist?"

Sie brachte kein Wort heraus. Er schleuderte das Fleisch in den Kühlschrank zurück und stürzte ins Schlafzimmer. Sie folgte ihm. Er griff nach dem Schädel und schrie sie an:

„Und das hier?"

Er stutzte. Der Kopf war aus Wachs geformt. Eine dunkle Stimme ertönte hinter ihm:

„Schatz, was ist das nur für ein Geschrei? Ist denn dein Besuch schon da?"

Ein hagerer Mann in dunklem Anzug trat ins Schlafzimmer und nahm ihm den Schädel ab.

„Eine schöne Arbeit, nicht wahr? Das hat sie selbst gemacht. Etwas eigen, aber so naturgetreu. Sie sind der Nachbar, stimmt`s. Meine Frau hat mir schon viel von Ihnen erzählt. Endlich einer, der das Fleisch mag, hat sie gesagt. Sie hätten unglaubliche Portionen verschlungen. Ich bin froh, Sie endlich kennenzulernen. Kommen Sie doch weiterhin regelmäßig zum Essen. Wir freuen uns. Wissen Sie, ich bin leidenschaftlicher Jäger und bringe oft sehr viel Fleisch nach Hause. Leider darf ich keines mehr essen. Die Bauchspeicheldrüse macht da nicht mehr mit. Mein Arzt hat es mir verboten und meine Frau ist Vegetarierin. Was sollen wir tun? Man kann das gute Fleisch doch nicht wegwerfen."

Beide sahen ihm verwundert nach, als er kommentarlos aus dem Haus stürzte.

„Was hat er nur, Schatz? Etwas unheimlich war er mir ja eigentlich immer schon. Aber was machen wir nur jetzt mit all dem Fleisch?"

****

Affe, Spinne und Baum

Drei Freunde

Schon vor langer Zeit war der Vulkan auf der Insel erloschen. Allmählich hatte sich die von ihm einst niedergewalzte Vegetation wieder erholt. Nur der aus dem überbordenden Grün hoch zu den Wolken empor ragende Zentralkegel des Berges war nach wie vor kahl. Er stand nun wie ein einsamer Wächter über dem Dschungel, der wie eine grüne Schleppe um ihn ausgebreitet lag.

Hier schied sich das Wesen der Insel in Hell und Dunkel, Grau und Grün sowie Licht und Schatten. Während zu Füßen des Vulkans ewiger Sommer herrschte und sich die Natur in allen Farben zeigte, um zu locken, zu empfangen und zu gebären, gab es dort in der Höhe nur ewige Öde, die von rauen Winden umspielt wurde.

Ein Adler, vom Aufwind in die Höhe getrieben, erschrak vor der dort herrschenden Kälte und stieß einen heiseren Schrei aus. Wie ein Stein ließ er sich sogleich wieder in die Tiefe zurückfallen, dem prallen Leben entgegen, um den Schrecken bei der Jagd auf die unter dem Schatten seiner Schwingen flüchtenden Beute zu vergessen.

Ähnlich empfanden es auch die drei Freunde, die den steilen Hang über das rutschende Geröll nach oben kletterten. Schwitzend und prustend hielten sie immer wieder inne, wischten sich den Schweiß mit dem Handrücken von der Stirn und blickten verzweifelt zum Gipfel, der von dichten Wolken verhüllt war.

„Das ist nicht zu schaffen! Ein einziges Sisyphosspiel! Einen Schritt kraxelst du hoch, um gleich wieder um mindestens dieselbe Strecke in die Tiefe abzurutschen."

„Machst du schon schlapp, Günter? Es ist doch toll hier. Die werden Bauklötze staunen, da unten am Strand, wenn wir erzählen, was wir alles gesehen haben."

Dicklich aufgeschwemmt und mit rot angelaufenem Gesicht bildete Günter einen krassen Gegensatz zu dem Muskelpaket neben ihm. Er war vollkommen erschöpft. Seine Stimme klang dünn und fast piepsig als er Freddy antwortete:

„Es ist hier, als hätte sich die Erde am letzten Tag der Schöpfung sinnlos betrunken und dann nach Herzenslust ausgetobt. Freddy, reiz es nicht wieder bis zum Letzten aus! Lass uns umkehren! Es ist einfach zu gefährlich."

Doch Freddy schien ihn nicht zu hören. Ohne ein weiteres Wort stürmte er nach oben. Günter zuckte die Achseln und wandte sich an Hans, der ebenfalls außer Atem geraten hinter ihnen zurückgeblieben war und nun, durch die kurze Pause, aufholte:

„Hast du den Adler gesehen? Das war ein übles Vorzeichen! Anstatt uns zu erholen, stressen wir uns mit diesem Leistungswahn. Wenn du mich fragst, sind wir längst vom Weg abgekommen. Was würde ich jetzt dafür geben im Büro an meinem Schreibtisch sitzen zu dürfen."

„Ich frag dich aber nicht, du Versager. Hier gibt es keinen normalen Weg. Wahrscheinlich ist hier seit ewigen Zeiten kein Mensch mehr gewandert. Wozu auch? Es gibt hier nichts zu holen außer Muskelkater."

Wie zur Bestätigung seiner Worte wurde der rutschige Hang noch steiler. Sie krabbelten nun auf allen Vieren, um weiter voran zu kommen. Plötzlich erhob sich über ihnen ein mächtiger, bläulich schimmernder Gletscher. Er hatte sich in einen Felsspalt eingekrallt und so wohl über die Zeiten hinweg überdauert. Eine Quelle sprudelte unter ihm aus dem Fels.

Günter und Hans sahen zu Freddy, der stehen geblieben war und fasziniert auf das Naturschauspiel starrte. Aber er schien noch etwas anderes zu sehen. Als sie ihn einholten sahen sie es auch. Es war der Eingang zu einer niedrigen Höhle im Gletscher, deren weiterer Verlauf sich in der Dunkelheit verbarg.

„Das ist der Eingang zur Hölle, sage ich euch."

Freddy verdrehte die Augen.

„Vielleicht ist es der Eingang zum Paradies. Stell dir mal vor, dass vor uns vielleicht noch nie ein Mensch hier gewesen ist! Wir sind die Ersten, die diese Höhle erforschen. Ist das nicht eine wahnsinnige Herausforderung? Also nichts wie rein!"

Wieder einmal stürmte er voraus, während Günter und Hans noch ein wenig verschnauften und auf die unter ihnen liegende grüne Pracht blickten. Hans seufzte:

„Wieso liegen wir jetzt nicht dort unten an diesem wunderbaren Strand?"

„Du meinst doch nur die wunderbaren Frauen, die dort oben ohne liegen und sich sonnen?", erwiderte Günter grinsend.

„Wunderbar, jedenfalls solange, bis sie deinen wabbeligen Bauch angerollt sehen und verduften, Günterchen. Komm schon, wir können Freddy nicht länger allein da drin lassen."

Günter war es gewohnt, von seinen Freunden gehänselt zu werden. Er mochte sie trotzdem. Schließlich kannten sie sich schon seit ihrer Schulzeit.

Freddy, der mehr oder weniger erfolgreiche Banker, bediente sich gerne bei Günters Rücklagen, wenn er wieder einmal bei einem waghalsigen Börsengang alles verloren hatte. Auch Hans, ein von allen Winden und Lüsten getriebener Luftikus, hatte ebenfalls bei Günter ein immenses und stetig wachsendes Schuldenkonto. Das war früher schon so gewesen. Da hatten Freddy und Hans von ihm abgeschrieben. Jetzt war es sein Geld, auf das sie zugriffen.

Die Höhle war angenehm kühl. Freddy sahen sie nicht. Er musste schon ziemlich weit drinnen sein. Hans rief in die Dunkelheit hinein, doch es erfolgte keine Antwort. Günter strauchelte über eine vorstehende Felsnase, knickte mit dem Fuß um und riss sich die Handinnenfläche am eisbedeckten Felsen auf, als er Halt an seinem Freund suchte und dieser erschrocken von ihm weg sprang. Sein

Fluchen schallte ohne Echo durch das Eisgewölbe. Hans half ihm wieder aufzustehen und, von ihm gestützt, humpelte Günter weiter in die Höhle hinein.

Das Eis an den Wänden, zunächst noch bläulich glitzernd, wurde immer dunkler. Ein leichtes Zittern, wie das Schaudern eines Körpers, war unter den Füßen der Männer zu spüren.

„Müssen wir da wirklich weiter rein? Das ist richtig unheimlich! Irgendwie bedrückt mich dieses Eis. Ich kriege kaum Luft."

Günter flüsterte diese Worte, als fürchtete er, irgendetwas Bedrohliches auf sich aufmerksam zu machen.

„Ich glaube eher, dass das die sechs Würstchen sind, die du gerade verdrückt hast und die jetzt in deinem Magen drücken. Wieso fragst du mich denn nicht, warum wir überhaupt wieder irgendetwas anderes außer Fressen tun müssen? Dein Bauch hängt doch jetzt schon bis zu den Knien runter."

Hans hatte das mit überlauter Stimme gesagt, wie um zu zeigen, dass er keine Angst hatte.

Günter ging dankbar auf seinen flapsigen Ton ein.

„Du willst doch nur vor den Weibern da unten am Strand protzen und ihnen etwas Hübsches mitbringen, weil du es ihnen versprochen hast."

„Das, was ich ihnen versprochen habe, trage ich doch schon die ganze Zeit über bei mir. Sie wissen es nur noch nicht."

Hans kratzte sich bei diesen Worten demonstrativ im Schritt. Günter schaute ihn an und gähnte laut.

„Ob du damit punkten kannst, ist mehr als nur fraglich. Vielleicht finden wir hier im Eispalast doch noch etwas Besseres für die Frauen."

„Du träumst doch nur von einer Eisfee, die von dir gewärmt werden will."

„Als ob die gerade auf mich warten würde", erwiderte Günter mit resignierter Stimme.

„Wieso nicht?", konterte Hans. „Mit deinem Schweiß und der Körperwärme, die du so entwickelst, könntest du bei ihr sicher landen. Irgendwie gibt es doch zu jedem Topf einen Deckel. Sofern sie dir nicht wegschmilzt, wenn sie schon nicht hinschmilzt."

Günter sagte darauf nichts mehr. Er wurde die ewigen Sticheleien wegen seines Körpergewichts langsam müde. Am liebsten wäre er umgekehrt. Doch da sie Freddy noch immer nicht gefunden hatten, tappte er schwer schnaufend neben Hans weiter in die Dunkelheit hinein.

Allmählich gewöhnten sich ihre Augen an das dämmrige Schummerlicht. Das Eis an den Wänden der Höhle wurde mit jedem Schritt dunkler. Lag es daran, dass sich Vulkanstaub in ihm eingelagert hatte?

Etwa 50 Meter vor ihnen sahen sie Licht. Es war Freddy, der nun doch auf sie gewartet hatte. Vom Boden der Höhle stieg Nebel auf und verschluckte nun auch noch das einzige Licht, das sie hatten – die von Freddy gehaltene schwach flimmernde Taschenlampe.

Ängstlich flüsterte Günter:

„Sagt mal, kann es sein, dass sich der Boden bewegt? Ist der Vulkan etwa noch aktiv? Der Nebel, er riecht so seltsam modrig. Für so einen Ausflug sind wir wirklich nicht ausreichend ausgerüstet."

„Kann es tatsächlich sein, dass du dich bewegst? Sind es nicht deine Fürze, die dir hier im abgeschlossenen Raum endlich einmal selbst in die Nase steigen?"

Durch diese Sticheleien gelang es Freddy, seinen trägen Freund zum Weitergehen zu bewegen. Günter lief auf Freddy zu und drohte ihm spielerisch mit der Faust. Allein hätte er sich ohnehin nicht getraut, umzukehren.

Die drei Männer mussten bei jedem Schritt aufpassen, nicht auf dem glitschigen Boden auszurutschen oder sich Köpfe an den langen, von der Decke hängenden Eiszapfen anzuschlagen.

Plötzlich wölbte sich der Boden unter ihnen in die Höhe und der Weg vor ihnen brach ab. Mit lautem Geschrei schlitterten die drei Freunde einen glitschigen Hang in die Tiefe. Sie mussten das Bewusstsein verloren haben. Als sie wieder zu sich kamen, stellte ein jeder von ihnen fest, dass er allein war.

Freddy

Freddy, der bei der Rutschpartie die Taschenlampe nicht losgelassen hatte, fuchtelte nun mit ihr in die dichten Nebelschwaden hinein und versuchte, jeden einzelnen Winkel der Eishöhle auszuleuchten.

„Wo seid ihr denn? Verdammt nochmal, so antwortet doch!"

Keine Antwort. Nichts war zu hören außer dem eindringlichen Geräusch von tropfendem Wasser, das von überall her zu kommen schien.

Vor sich sah Freddy einen schwachen Lichtschein. Instinktiv wusste Freddy, dass er zu diesem Licht musste. Vorsichtig umrundete er einen vorspringenden Fels. Er rutschte und krabbelte über eine Bodenerhebung hinweg und kam in einen mehrfach gewundenen Gang, wo er sich mit eingezogenem Bauch an riesigen Stalaktiten vorbeiquetschen musste.

Dann sah er es: Eine dicht mit blühendem Löwenzahn bedeckte Wiese. Ungläubig tastete er sich mit einem Fuß in das saftige Grün vor, verlor dabei das Gleichgewicht und rutschte durch eine lockere Schicht aus saftigem Grün in die Tiefe. Ein lichtes Hellblau umspielte ihn, als er in eine mit Fell überzogene Form hinein glitt und in ihr stecken blieb.

Es dauerte nur einen Augenblick, bis er begriff, dass er sich in Lebensgefahr befand. Ein schwarzer und mächtiger Schatten mit weit aufgerissenem Maul sprang auf ihn zu. Mit überdimensional langen Armen, die er nur für einen Bruchteil von Sekunden erstaunt betrachtete, hangelte er nach einer Liane, sprang und schwang sich in die Äste eines mächtigen Baumes. Sein Körper war auf einmal unglaublich leicht und wendig. Wie eine Feder flog er durch das Geäst. Erst, als er sich sicher sein konnte, dass ihn der Jäger, der ihm weit unten am Boden gefolgt war, verloren hatte, hielt er inne und schaute an sich herunter.

Ein buschiger Schwanz hing von ihm weg, der länger als er selbst war und den er unbewusst bei der Flucht dazu benutzt hatte, um sich an den Ästen des Baumes festzuklammern. Seine Arme und Beine waren kräftig genug, um sein Körpergewicht zu halten, selbst dann, wenn er sich auch nur mit einer einzigen Zehe an einen Ast hängte. Wie sehr genoss er diese ungewohnte Freiheit, die er so unverhofft gewonnen hatte!

Plötzlich stand vor ihm ein Wesen, das ihm in seiner neuen Gestalt ähnlich sah. Es lachte ihn an und forderte ihn zum Spielen und Herumtollen durch die weit ausladende Krone des Baumes ein. Ein weiteres, ihm ähnliches Wesen kam hinzu und stellte sich ihm mit drohend entblößtem Gebiss in den Weg. Das ließ er sich nicht gefallen! Ohne zu überlegen grub er seine spitzen Eckzähne tief in den Nacken des Angreifers, der sich mit einem lauten Schrei in die Tiefe stürzte, sich mit dem Schwanz an einem Ast festhielt und dann davon sprang.

Doch auch er selbst war verletzt. Von einer blutenden Wunde an der Schulter schoss der Schmerz durch seinen Körper. Er arbeitete sich den mächtigen Stamm des Baumes empor und leckte sich die Wunde in den obersten Ästen der Krone.

Das war nur einer von unzähligen Tagen in diesem neuen Leben. Irgendwann, er wusste nicht, wie viel Zeit inzwischen vergangen war, ertönte ein schrilles, weithin hörbares Geräusch. Der Stamm des Baumes zitterte und kippte dann mit allen auf ihm lebenden Wesen um. Mit ihnen stürzte auch er in eine tiefe Dunkelheit....

Hans

Als Hans erwachte, sprang er auf und sah sich in einem Eispalast. Nach kurzem Suchen hatte er begriffen, dass seine Freunde nicht da waren. Gut, dann musste er eben alleine zurechtkommen. Er war sich sicher, dass er sie wiederfinden würde und dass ihnen, gleich ihm, nichts passiert war.

Alles um ihn herum war licht und klar. Der weite Raum erhob sich wie eine Kathedrale über ihm. Ein Eiswall zog sich quer durch den Raum. Sportlich sprang er über den Wall und fiel dahinter in die Tiefe. Der Aufprall war weich, denn der Boden, auf den er gefallen war, gab federnd nach. Es war stockdunkel.

Erschrocken stellte er fest, dass er sich in einem Gespinst befand, das ihn umschloss. Wie gelähmt blieb er zunächst regungslos sitzen. Dann rief er in das Dunkel hinein, um diese Stille abzuwehren, die sich zusätzlich zu dem Gespinst, in dem er sich befand, wie ein Spinnennetz um ihn legte.

Erst flüsterte er, dann schrie er, bis ihm die Bronchien schmerzten, der Hals kratzte und er einen lange anhaltenden Hustenanfall bekam. Doch so laut er auch schrie, er erhielt keine Antwort. Plötzlich bemerkte er, dass sich seine Stimme zu einem hohen sirrenden Ton verändert hatte.

Endlich fand er die Kraft, sich aus dem Gespinst, in dem er steckte, zu befreien. Aus Angst, sich zu verlaufen, traute er sich jedoch nicht weiter zu kriechen, um einen Ausgang zu finden. Er verharrte auf seinem Platz, fror, horchte und zählte die Tropfen, die um ihn herum in träger Gleichmäßigkeit von der Decke fielen.

Es war ein Fehler gewesen, nicht auf Günter zu hören. Günter hatte sie davor gewarnt, den Berg so leicht bekleidet zu besteigen. Aber es sollte ja auch nur ein kleiner Ausflug werden. Und er wollte einfach Erster sein. Gegenüber Günter war das nicht weiter schwer. Nur Freddy bedeutete, wie alle Jahre zuvor, Konkurrenz, auch bei Frauen – vor allem bei Frauen! Freddy, der Banker, Freddy, der Überflieger.

Dagegen war er der ewige Verlierer, der sich nur durch die monatlichen Zuwendungen von Günter über Wasser halten konnte, ohne es ihm je gedankt zu haben. Unter diesen Überlegungen dämmerte er ein.

Langsam wurde es hell. Er schlug die Augen auf. Es war zunächst nicht mehr als ein Schimmer, der zu ihm drang. Die bedrückende Mauer aus Eis über ihm wich immer weiter zurück, als würde sie durch seinen Atem schmelzen. Er spürte, wie er selbst weiter wurde, sich in alle Richtungen hinein ausstreckte und über sich selbst hinauswuchs. Bedächtig federte er im leichten Windzug hin und her. Es war nun hell genug, um erkennen zu können, dass er mit seinen sechs behaarten Beinen in einem Netz hing, das zwischen zwei Zweigen ausgespannt war. Ein Netz, das von ihm erschaffen war, denn der letzte Faden spann sich aus seinem Po heraus. Er hockte im Zentrum eines Netzes, bis ihn etwas dazu trieb, in ihm zu kreisen, um es dichter und reißfester gegen die Wucht herabfallender Tautropfen zu machen. War das Netz fest genug, verfingen sich die Tautropfen darin ohne es zu beschädigen. Die gesponnenen Fäden zitterten und entließen einen feinen sirrenden Ton, den nur er zu hören vermochte, da sie seiner eigenen Stimme glichen.

Der Wind wurde stärker und schüttelte nun auch die Tautropfen, die sich im Netz verfangen hatten, hinaus und ließen es wieder für seine Beute unsichtbar werden. Die Sonne ging auf und durchflutete sein Werk, zeigte es in seiner ganzen Pracht und Schönheit. Frech umsurrten es einzelne Fliegen, ohne sich seinen klebrigen Fäden zu nähern. Er rührte sich nicht, denn er hatte Zeit. Eine einzige Fliege würde ihm lange als Nahrung dienen. Wenn nur das Netz nicht wieder durch einen Vogel, der durch das Geäst des mächtigen Baumes flatterte, zerstört werden würde! Die Sonne half dabei, den restlichen Tau aus dem Netz zu lecken und es damit für jedes Auge zum Verschwinden zu bringen.

Die Strahlen der Sonne versprachen einen ausgesprochen schönen Tag, der nach den langen Regenfällen endlich wieder viele Fruchtfliegen aus dem am Boden gärenden Fallobst hervorbringen würde. Würden sie dann in den wärmenden Sonnenstrahlen wieder aufsteigen und sich in seinem Netz verfangen? Er hoffte es. Es war ein guter Standort, an dem er sich in der Zeit vor den Regenfällen ordentlich prall gefressen hatte, sodass er sich schwer und behäbig in seinem Netz vom Wind schaukeln lassen konnte. Das indes war lange her.

Im unteren Teil des Netzes waren etliche Reparaturen vorzunehmen. Ein herabfallender Zweig hatte ein Loch in das Geflecht gerissen. Doch erst musste eine durch seine Verdauungssäfte verflüssigte Beute in seinen Magen wandern. Dann erst, nach einem gemütlichen Mahl, machte er sich an die Arbeit. So hatte er es immer gehalten.

Wie still es an diesem Tag war! Die Affen hatten sich weit nach oben in die Krone des Baumes zurückgezogen, da unten ein Tiger umher schlich, dessen scharfe Ausdünstungen bis zu ihm emporstiegen. Es roch nach Hunger und Gier, doch dies gehörte einer anderen Welt an, die ihn nichts anging. Schrilles Kreischen gellte hin und wieder durch die Blätter, die die Welt vor ihm verdeckten.

Quälend spürte er nagenden Hunger in seinen Gedärmen. Missmutig zog er sich unter ein Blatt zurück, an dessen Stiel eine der Hauptverstrebungen seines Netzes verankert war. Seitlich im Netz hingen noch ein paar uralte, längst ausgesogene Fliegen im eingesponnenen Kokon, die nichts mehr an Saft hergaben und vertrockneten, bis sie irgendwann von selbst abfielen. Er war zu faul, sie zu entsorgen.

Die Zeiten waren schlecht. Es war zu lange kalt und nass gewesen. Doch jetzt schien endlich die ersehnte Hitze zurückzukommen. Mit ihr war auch der bis dahin schlummernde Hunger erwacht. Vielleicht würde es eine der saftigen Mücken in sein Netz treiben, die, mit Blut vollgesogen, so angenehm kräftig und würzig schmeckten. Solche Mücken standen auf seiner Speisewunschliste ganz oben.

Endlich zuckte es im Netz. Er schreckte hoch, spannte alle sechs Beine und legte sich auf die Lauer. Eine Fliege hatte sich mit einem ihrer im Sonnenlicht bunt schillernden Flügel im Netz verfangen. Sie zappelte mit den Beinchen, schlug mit dem anderen Flügel, ruderte hilflos umher, trudelte um sich selbst und verklebte dabei immer stärker mit dem Gespinst, sodass sie kaum mehr eine Chance hatte, sich zu befreien.

Doch dann sah er, wie das Netz nachgab, wie erst ein, dann ein zweiter Faden riss und ihm die Beute doch noch im letzten Moment zu entwischen drohte. Jetzt durfte er nicht länger abwarten, bis das Opfer wie geplant sich selbst fast zu Tode abgearbeitet und eingewickelt hätte, sondern musste schnell vorspringen und gezielt den Todesbiss setzen.

Er hasste es, dieses Knacken der Chitinplatten, wenn der Körper noch bebte und zuckte. Viel lieber hätte er seine Verdauungssäfte in den leblosen Körper eingespritzt und in Ruhe abgewartet, bis die Säfte ihr Werk vollbrachten und er nur noch die leblose Hülle auszusaugen brauchte. Er biss zu und brachte die Beute in Sicherheit. Schließlich war sie unter einem Blatt verstaut und baumelte an einem Faden in ihrem frisch gewickelten Kokon.

Was für ein Tag! Fressen! Freude! Er lachte und jubelte. Lange Zeit wäre er nun wieder gerettet, mochte auch das Wetter mit Regen und Sturm verrücktspielen, er hätte seinen Anteil für schlechte Zeiten eingeschafft. Zufrieden richtete er sich auf, reparierte die Schäden am Netz, die die Fliege im Todeskampf hinterlassen hatte, pries die Sonne, lauschte dem Zwitschern der Vögel, den Schreien der irgendwo über ihm tobenden Affen und fiel dazu mit einem Obertongesang ein, den er nur dann von sich gab, wenn er absolut glücklich war. Schöner konnte nur noch der Tag sein, wenn er endlich ein Weibchen gefunden hätte, um sich ihr hinzugeben, um zuletzt von ihr gebissen und, verflüssigt durch ihren Speichel, gänzlich in ihr aufgenommen zu werden. Doch bis dahin war es noch lange hin, denn erst hatte er selbst stark und kräftig genug zu werden, um diese letzte Stufe, die sein Leben einst krönen sollte, zu erklimmen.

Da ertönte ein tiefes Brummen, das er bisher nur aus weiter Ferne gehört hatte. Der Stamm des Baumes zitterte und er drohte, durch die stärker als durch den schlimmsten Sturm hin und her gepeitschten Zweigen aus seinem Netz geschleudert zu werden. Die Hauptstreben des Netzes lösten sich und das Netz riss an mehreren Stellen zugleich ein.

Ein schrilles Geräusch, es war das Weinen des Holzes, ließ ihn bis in sein Spinnenherz hinein erzittern. Mit dem mächtigen Baum, in dem er wohnte, stürzte seine ganze Welt und begrub ihn unter sich, während alles um ihn herum schwarz wurde.

Günter

Günter schlug die Augen auf. Doch es änderte sich nichts an seinem Zustand. Alles an ihm war fest, hart und bestand aus einer einzigen kompakten Masse. Er konnte sich keinen Millimeter bewegen, spürte nur, wie er vom Wind in seinem oberen buschigen Teil geschaukelt wurde, wie es auf ihm krabbelte und wuselte und wie es ihn an tausend verschiedenen Stellen kitzelte. Eigentlich hätte er aufatmen können, wenn er es gekonnt hätte, denn jegliche Hetze und Hektik schien vorbei zu sein. Doch was war eigentlich passiert?

Nur ganz langsam begriff er, dass er tief in einem feuchten und modrigen Erdreich wurzelte, dabei Flüssigkeit durch seinen Stamm, der durch seine dicke und borkige Rinde vor dem Austrocknen geschützt war, in die Höhe zog. Im oberen Teil von ihm raschelten an unendlich vielen dünnen Spinnenfingern seine Blätter und richteten sich nach dem Sonnenlicht aus. Auf einmal war er groß, mächtig und schlank geworden. Er sah sich zwar nicht, aber er fühlte seine

Schönheit und erfreute sich daran. Seltsam war es ihm schon, wie er sich so sicher in sich selbst geborgen fühlte und es wunderte ihn, dass er keine Angst hatte. Doch warum sollte er sich noch vor irgendetwas fürchten? Er stand einfach da, ragte in den weit sich über ihm öffnenden Himmel hinein, sog das Wasser der reichlichen Regenfälle in sich auf und streckte sich der durch Wolken endlich wieder hervorbrechenden Sonne entgegen.

Das Wasser rauschte in unendlich vielen Röhren zu ihm empor. Er genoss es, nichts anderes mehr tun zu müssen, als einfach nur da zu sein, dabei zu spüren, wie in seinem Geäst Affen herumsprangen und einander jagten, Papageien Nester bauten, Schlangen sich um Zweige ringelten, Käfer ihm unter die borkige Haut schlüpften, nach denen wiederum Vögel begierig pickten, Spinnen ihre Netze woben und Schmetterlinge in die Orchideen, die an ihm rankten, krabbelten und Nektar aufnahmen. Er spürte den großen Kreislauf, der sich um ihn herum drehte und zu dessen Teil er nun bewusster denn je geworden war. Jedes Blatt versorgte ihn mit zu Zucker umgewandeltem Sonnenlicht und er wuchs weiter der Sonne entgegen, erhob sich von der Erde, ohne je dabei zu vergessen, in ihr verwurzelt zu sein.

Einer jener mächtigen Bäume war er also geworden, unter denen er als Kind einst gespielt hatte. Im Schabernacktreiben der Affenhorde in seinem Geäst meinte er, sich selbst wieder erleben zu können, wie er damals von Ast zu Ast geklettert war, ehe ein Sturz seinen Höhenflügen ein jähes Ende bereitet und sein von da an untätig gewordener Körper immer breiter und unförmiger wurde. War es Hans oder Freddy gewesen, der ihn damals von dem Ast herunter gestoßen hatte? Er hatte es niemals in Erfahrung bringen können. Diese Frage hatte ihn die ganzen Jahre über beschäftigt. Jetzt war auch dies gleichgültig geworden. Denn in dieser wie aus einem Guss bestehenden Form, in der er nun wohlig in sich ruhte, war er zum ersten Mal mit sich und der Welt zufrieden.

Auch die Tatsache, dass Vögel Raupen aus seiner Rinde pickten und sie fraßen, dass Ameisen Käfer überfielen und sie in ihrem Bau zu seinen Wurzeln verschleppten, dass überall um ihn herum gelitten und gestorben wurde, gehörte mit zu diesem großen Spiel. Die Tage und Nächte wechselten miteinander ab, ohne jemals einförmig zu werden. Ständig geschah etwas.

Doch dann änderte sich etwas Grundlegendes in ihm. Seit einiger Zeit stimmte schon etwas nicht mehr unter seiner Rinde. Erst war es nur ein an verschiedenen Orten zusätzlich auftretendes Kitzeln, dann ein Jucken, das zu einem unangenehmen Kribbeln wurde. Doch dabei blieb es nicht, denn es weitete sich immer mehr aus. Die Rinde löste sich auf, begann an etlichen Stellen zu schimmeln. Ganze Stücke fielen von seinem Stamm ab, wenn die Windböen dagegen anpfiffen, der Regen sich in die abstehenden Teile einfraß und sie durchweichte.

Etwas, das er nicht orten konnte, da es bald überall und nirgendwo an ihm arbeitete, bohrte sich weiter und tiefer in ihn ein, bedrohte selbst die Wasserröhren führende Schicht, die ihn doch am Leben hielt. Das Holz seines Stammes, nicht mehr überall durch Rinde geschützt, trocknete aus, platzte auf und bot Unterschlupf für zerstörerisches Getier, das sich immer leichter in ihn einfraß. Pilze setzten sich fest und führten das Werk der Zerstörung weiter fort. Das Blattwerk lichtete sich, die dürren Äste brachen und stürzten in die Tiefe. So schön und stattlich er gewesen war, so sehr wurde er jetzt zu einem unansehnlichen Gerippe.

Die Tiere zogen sich von ihm zurück und suchten andere Orte auf, die ihnen besseren Schutz bieten konnten. Die verbliebenen Blätter, die er mühsam mit Wasser versorgte, wurden nach und nach fleckig, rollten sich ein, um dann vertrocknet abzufallen. Efeu, der ihn zuvor nie gestört hatte, rankte sich nun in kräftig wuchernden Trieben um seinen Stamm und drohte ihn zu erdrücken. Er spürte, dass es mit ihm zu Ende ging. Bald würde sein Stamm bersten und wie vom Blitz getroffen zusammenbrechen.

Als nach langer Regenzeit die Sonne, von der er schon nicht mehr geglaubt hatte, sie noch einmal zu sehen, wieder schien und die restliche Tierwelt, die auf ihm verblieben war – ein paar Affen und eine Spinne – zu neuem Leben anregten, lächelte er still in sich hinein. Es war ihm, als wollten sie jetzt mit ihm feiern und zugleich Abschied von ihm nehmen. Eine Nacht lang war er wieder mit sich zufrieden.

Am nächsten Tag arbeiteten sich zwei Männer mit gelben Helmen durch das Unterholz zu ihm vor und setzten mit Leuchtfarbe ein rotes Kreuz auf seinen Stamm.

Es sollte nicht lange dauern, bis er an sich selbst die Bedeutung dieses Kreuzzeichens erfuhr. Der Wald war ohnehin nicht mehr der, der er einst gewesen war. Täglich heulten Motorsägen und das Krachen und Splittern von Holz erfüllte die Luft. Die Tierwelt hielt bei jedem Geräusch erschreckt inne und regte sich nur zu den frühen Morgen- und späten Abendstunden, wenn der Lärm verebbt war.

Dann hatte ein Trupp mit Motorsägen bewaffneter Männer auch ihn erreicht. Zunächst wurde ein Keil aus seinem Fuß heraus gesägt. Der Schmerz war schier unerträglich. Die Motorsägen fraßen sich tiefer in ihn ein und schnitten ihn von seinem Wurzelwerk ab. Er spürte ein inneres Erzittern, das bis in seine Krone fuhr. Schließlich schwankte er und kippte in immer schnellerem Fall zur Seite um, riss dabei alles mit sich, was sich ihm in den Weg stellte. Zudem stürzte alles, was sich auf ihm befand - die Affen, die in ihrem Spiel wieder einmal alles um sich herum vergessen hatten, die Spinne, die sich gerade an einem Insekt labte und die Käfer unter seiner Rinde – mit ihm dem Erdboden und der Dunkelheit entgegen.

Erwachen

Wie von einer Explosion aus dem Inneren des Berges hinaus geschleudert, lagen Günter, Hans und Freddy am Strand mit den Armen in den Sand hinein gebohrt. Benommen richteten sie sich auf. Die Wellen umflossen sie in regelmäßigem Rhythmus. Mit jeder Welle schien der Boden unter ihnen zu beben. Verwundert schaute sich Günter um.

„Was war das nur?"

Am Abend fragten sie im Hotel nach dem Gletscher auf dem Vulkan Der Mann an der Rezeption sah gar nicht erst auf, als er ihnen erklärte:

„Gletscher auf dieser Südseeinsel gibt es nicht."

Sein Blick, der dem lachenden und ineinander eingehängten Trio folgte, zeigte deutlich, was er über Touristen dachte, die bereits während des Tages weit über den Durst hinaus tranken.

****

Die Anklage der Tischrosen

Seht her! Wir schwimmen in Schalen aus Muranoglas. Früher waren es Senfgläser, doch die Zeiten haben sich geändert. Auch stehen die Schalen jetzt auf Stoffdecken, während es früher nur die blanken Holzbohlen der Tischplatten waren.

Die einzige Bewegung, die uns zugestanden wird, ist, uns im Kreis zu drehen, wenn ihr die Tür öffnet und sich ein Windzug in unseren Blütenblättern verfängt.

Während ihr euch zu uns an den Tisch setzt, die Bestellung aufgebt, die Zeitung aufschlagt, euch über Politik oder die lang anhaltende Dürre ereifert, sind wir still, schweigsam und einfach nur in unserer Schönheit da. Doch diese uns aufgezwungene, auf ein Dasein in Wasserglas beschränkte Existenz ist Missbrauch! Wir haben uns damit zu begnügen, dass ihr uns von Zeit zu Zeit anschaut und euch an unserer Vollkommenheit erbaut. Glaubt nur nicht, wir würden es nicht spüren, wenn ihr an unseren Blütenblättern zupft oder uns gar aus dem Wasser nehmt, an uns riecht und dann vergesst, uns in das lebensrettende Nass zurück zu betten!

Da werden unsere Behälter mit Aschenbechern verwechselt oder der Kaugummi, der beim Essen stört, zwischen unseren Blättern versteckt. Einigen von uns wurde das wenige Wasser, auf dem wir schwimmen, als Bestandteil einer Wette ausgetrunken, andere wurden in Bier ertränkt. Die Liste der Grausamkeiten ist lang. Wir beobachten genau und lassen nichts unvermerkt!

Unter unseren abgeschlagenen, für einige Tage künstlich am Leben gehaltenen Köpfen liegen mit Moos überzogene Steine. Manchmal sind es auch bunte Glaskugeln. Bisweilen schwimmen Plastikfischchen oder Glitzerkristalle mit uns im Wasser. Ihr lasst euch da viel einfallen. Wärt ihr nur ein wenig achtsamer, würdet ihr vielleicht sehen, dass ihr uns damit den Tod mit in die Schalen gebt. Denn mit jedem Gegenstand, den ihr in unser enges Kranken- und

Siechbett mit hinein setzt, schränkt ihr unseren Lebensraum weiter ein. Mit euren schmutzigen Fingern fügt ihr Bakterien hinzu, die uns an Stellen, die ihr nicht seht, wenn ihr euch an unserer Blütenpracht weidet, langsam auffressen und schneller vermodern lassen.

Seitdem ihr uns Stengeln abgeschnitten habt, ist unsere Welt untergegangen. Wir faulen, trocknen, welken und harren dem Tod entgegen. Wie stolz waren wir, als wir auf den langen Stielen uns über den Rest der unter uns wuchernden Pflanzenwelt erhoben! Wir meinten, unsere Attraktivität Dank der uns gegebenen Schönheit und des Wohlgeruchs noch dadurch steigern zu können, indem wir uns mit spitzen Dornen zur Wehr setzten. Töricht waren wir. Wir hüllten uns in berauschenden Duft wie in einen schützenden Mantel und glaubten, dass uns dadurch niemand etwas anhaben könnte, bis uns die Schneiden der Schere eines Besseren belehrten.

Jetzt schwimmen wir im brackigen Wasser, das in schlecht gelüfteten Räumen schon nach wenigen Stunden zu stinken beginnt. Wir schweben über einem Tummelplatz von Kleinstlebewesen, die an uns nagen, sodass von unserem Liebreiz nur noch eine schmale Haut bleibt, die über die innere Fäulnis gezogen ist.

Ihr seht uns an und meint, Schönheit zu erblicken. Stattdessen seht ihr nur dem Tod ins Auge. Es ist auch euer eigener Tod, den ihr in uns nicht sehen wollt. Denn die Fäulnis, die sich in uns ausbreitet, springt unversehens auf eure schön und adrett dekorierten Teller über. Ihr nehmt sie mit jedem Bissen, den ihr euch lachend und scherzend oder dumpf vor euch hinbrütend einverleibt, in euch auf. Woher solltet ihr auch wissen, dass es Leichengift ist, das sich in uns ansammelt. Wir infizieren euch, wenn ihr, betört durch unsere Schönheit, näher an uns herankommt. Wenn es auch nur homöopathische Dosen sind, so reichern sie sich doch in euch an und bringen euch manchmal schon über Nacht zu Fall. Sie wandern in eure Nasen, während ihr verzückt den Rosenduft in euch aufzunehmen meint. Manchmal habt ihr diesen Duft noch in der Nase, wenn es in euren Gedärmen bereits zu faulen beginnt. Denn die Keime legen sich auf euren Schweinebraten mit Knödel oder tauchen in das Weißbier ein, das ihr begierig trinkt. Von hier tragt ihr den Tod mit nach Hause und merkt es nicht einmal, weil euch der Bauch so wohlig spannt. Recht geschieht es euch!

Unversöhnlich sind wir, weil ihr nicht wahrnehmt, wie sehr wir leiden. Geköpft, mit dem Stumpf in Wasser gelegt und von Krankheitskeimen zerfressen, schreien wir stumm vor Schmerzen. Könnten wir Laute von uns geben, wir würden die Räume randvoll mit unserem Wehgeschrei füllen. Unversöhnlich sind wir, weil ihr uns unserem Schicksal überlasst, das nach tagelanger Qual in Form einer Mülltonne auf uns wartet.

Doch es wird sich rächen: Den Platz der verstümmelten Rosen nehmt vielleicht schon Morgen ihr ein, wenn ihr in eurem Grab verfault. Dann werden wir über euch, unsere Wurzeln wohlig eingepackt in fruchtbarer Graberde, Gericht halten. Wir werden euch sorgsam und peinlich genau durch die Stationen des Leids führen, das ihr den Wesen dieser Welt zugefügt habt. An diesem Gerichtstag, das schwören wir euch, wird es gerecht zugehen.

****

Fast wie im richtigen Leben

Auf dem Arbeitsmarkt ging es eng zu. Besonders für mich. Früher in der Schulzeit hatte man mir alles in den Hintern geschoben. Der elterliche Kühlschrank war immer voll. Im eigenen Zimmer herrschte jede Nacht „open house" für die Kumpels. Bier floss ohne Ende und die Musik war auf volle Lautstärke gestellt.
Dann plötzlich wurde mir die Pistole auf die Brust gesetzt:
„Entweder du suchst dir endlich eine Stelle oder du fliegst hier raus!"
Klare Worte, eindeutige Position! Was die Deutlichkeit betraf, gab es da wirklich nichts zu meckern. Ich wusste jedenfalls, woran ich war. Zwei Tage und ein Paar qualmende Socken später hatte ich den Job. Denn der Kälteeinbruch draußen war brutal. Alles verkrümelte sich nach innen ins Warme. Ich hatte keine Lust, mir länger auf der Straße den Arsch abzufrieren.
Hotelfachmann war ausgeschrieben. Hotel klingt immer gut. Frühstück ans Bett und so, dachte ich mir. Mit den Eltern war das immer eine geile Sache gewesen. Vorausgesetzt, Einzelzimmer war angesagt, mit Minibar, die geplündert wurde, während der Fernseher mit den speziellen Programmen (die mit dem roten Knopf) die ganz Nacht über heiß lief.
Sechs Uhr früh. Die andere Seite der Medaille. Frühstück vorbereiten und servieren. Mürrische Messeleute, die mit ihren Zeitungen noch nicht einmal Platz am Tisch machten, wenn ich mit den schweren Kannen ankam. Links Tee, rechts Kaffee. Stets dieselbe blöde Frage. Dazu die neuen Lederschuhe, schwarz, die höllisch drückten. Hose und Hemd im Brechreizstil: Ich, der neue Affe vom Dienst.
Immer, wenn du denkst, es kommt nicht mehr schlimmer....
Ohne dass ich es gemerkt hatte, saß mir die Chefin, einc blondierte, pummelige Tusse Marke Keif & Co., plötzlich aus dem Nichts aufgetaucht, im Nacken.

„Mach endlich zu! Finger aus dem Arsch! Für dein Gehalt kann ich mir zwei Aushilfen leisten, von denen jede mindestens doppelt so schnell wie du ist."

Einen Ton hatte dieses zum Wrack abgetakelte Schlachtschiff da drauf! Dabei sah sie aus wie eine Kartoffel auf zwei Stelzen. Mit fetten Haaren, mit denen ich mir noch nicht einmal den Hintern abwischen würde.

„Glaub mir, wenn ich nicht gezwungen wäre, diesen Laden zu schmeißen, weil ich sonst nichts mehr habe, eben weil mich Drecksäcke wie du sitzen gelassen haben und dazu noch mit der Kasse durchgebrannt sind, hätte ich schon längst alles hingeworfen."

Dann war Zimmeraufräumen angesagt. Zwanzig Minuten pro Zimmer, inklusive Bett neu beziehen und Bad putzen. Ich bin wirklich nicht der Sauberste, wie die Lautstärke der Schreie meiner Alten zu Hause klar belegen konnte, wenn die schimmeligen Brote unter meinem Bett wieder einmal entdeckt worden waren. Aber was sich da vor meinen Augen an widerlichem Dreck nur zu oft türmte, was da alles verschmiert und versaut war. Da konnte selbst ich noch glatt was dazulernen.

Ich gebe es ja zu: Es war keine gute Idee, auf dem frisch gemachten Bett einzuschlafen. Klar wie Kloßbrühe, dass die Chefin das spannen musste. Schon allein, weil es Null Solidarität unter den anderen Angestellten an der Arbeitsfront hier gab. Da sie mir ohnehin alle paar Minuten an den Fersen klebte, hatte sie mich also wieder mal voll am Arsch. Dabei war es eine Wohltat gewesen, die Schuhe durch den Raum segeln und genüsslich die Socken ausstinken zu lassen. Was konnte diese Fregatte schreien!

„Auf der Stelle setze ich dich an die Luft! Los, sofort ab zum Staub saugen! Wird`s bald?"

Sieben Stockwerke jeweils ein Hotelgang, der so lang wie ein Fußballfeld war. Alles mit einem furzempfindlichen, cremefarbenen

Teppichboden ausgelegt, auf dem jedes Härchen und Stäubchen zu sehen war. Süffisant meinte die blöde Gans von Zimmermädchen:

„Kreuz und quer saugen, schön regelmäßig, dass das Muster der gezogenen Bahnen absolut regelmäßig wie im barocken Zopfstil ihrer Heimat ist, so sagt die Chefin immer."

Und die Chefin blökte natürlich auch noch dazwischen, während ich mit dem versifften Rohr der mir bis dato unbekannten Gerätschaft hilflos herum hantierte:

„Geht das denn überhaupt in deinen Schädel rein, obwohl du männlich bist?"

Sie konnte sich ihren Zopfstil sonst wo hinein schieben! So dachte ich, während sie hinter mich trat und die erste Bahn beäugte, die ich mit dem Rohr zog. Ein Wunder, dass sie nicht mit dem Lineal nachmaß. Zugleich zischelte sie mir wie eine giftige Schlange zu:

„Sag mal, wie riechst du denn? Trinkst du etwa? Das gibt es bei mir nicht! Du weißt, was auf dem Spiel steht?"

Ich wollte schon anfügen:

‚Ja, ja, zwei Aushilfen mindestens für mein Geld.'

Denn das bekam ich ja Tag für Tag zu hören. Doch ich schwieg und brezelte meine hiermit neu erworbene Zopfstilkunst zur Perfektion auf. In meinem Kopf hingegen verdüsterte sich der mit Gewitterwolken überzogene Himmel mit jeder neu gezogenen Bahn mehr.

Nur gut, dass ich im Lotto spielte. Den Hauptgewinn gekrallt, dann den blanken Hintern gezeigt und ab über alle Berge! Doch vorher würde ich diesen bescheuerten Laden mit seinen Fachwerkbalken in Schutt und Asche legen.

Alles hatte ich auf einmal zu machen, überall zugleich zu sein. Von jedem der Dutzend Beschäftigten wurde ich als wandelnder Putzlappen benutzt. Jeder erklärte mir anders, wie das alles hier zu laufen hatte. Garantiert war es trotzdem immer falsch, wenn die Chefin es tausend Mal am Tag eigenhändig überprüfte und dann diese schrille Sirene an meinen Ohren explodierte und mich bis in meine Träume verfolgte:

„Nichts als Stroh im Kopf! Absolut versoffenes Hirn! Ich hatte mir doch geschworen, keinen dieser elenden Schwanzträger mehr einzustellen. Außerdem stinkst du immer noch wie die Pest!"

Wenn mich dann dieses popelige Fachwerkhaus endlich spät in der Nacht in die von Nebel verhangene Straße erbrach, wie wünschte ich mir da, dieser blöden Tusse in einer dunklen Ecke zu begegnen und sie Bekanntschaft mit meinem berüchtigten Bauchschwinger schließen zu lassen. Mein Hass war mein neues Haustier, das mich innerlich auffraß und an mir wuchs, während ich zunehmend verfiel und zu einem Schatten meiner selbst wurde.

Zapfhahn! Ausschenken!

Die Gläser waren immer zu wenig oder zu viel eingeschenkt, die Schaumkrone zu üppig oder in sich zusammen gefallen (ebenso wie ich selbst, dachte ich mir dann). Ich hielt es einfach nicht mehr aus. Aber sadomasochistisch veranlagt, wie ich nun mal bin, schwörte ich mir: So schnell soll die alte Bissgurke mich nicht unterkriegen!

Natürlich ging es mir in der Küche oder beim Servieren nicht anders. Dabei wurde Fleisch auf den Teller gebracht, das einen Transport auf dem Landweg über Afghanistan hinter sich zu haben schien. Und die Soße dazu wurde gestreckt, indem die zurückgegangenen Essensreste in dem Sud aufgekocht wurden. Die schwarze Grundsubstanz in der Kasserolle war wohl vom Vorgänger vererbt worden. Bald ekelte ich mich vor allem Essen dort und ich bedauerte die zahlreichen ahnungslos speisenden Gäste.

Am meisten ekelte ich mich vor ihr und ihrem Gesicht, das zu Halloween als absolut schockierende und nicht jugendfreie Maske hätte dienen können. Und natürlich ekelte ich mich vor mir selbst, wenn ich mich in einem Zimmerspiegel beim Kloputzen sah und mir selbst wütend zurief:

„Clown! Abziehbild! Vollpfosten! Null!"

Seltsamerweise half mir dies aber stets dabei, einen weiteren Tag durchzustehen.

Dann kam der Lottogewinn. Ich war wie von den Socken. Aufhören, klar, auf der Stelle!

Mit meinen Freunden feierte ich drei Tage durch, kotzte mich frei, soff bis zur Bewusstlosigkeit. Dann, nach zwei Tagen sterben und anschließendem Dauerkater, der mit mir als Reittier durch mein Zimmer galoppierte, tat ich mir etwas richtig Gutes an:

Ich nahm ein Taxi und fuhr in meinen verkotzten Klamotten vor dem Hotel vor. Stolz, wenn auch noch auf schwankenden Beinen, stieg ich aus, hieß den Fahrer warten und legte der Chefin, ehe sie zum Fensterscheiben sprengenden Schrei hätte ansetzen können, meine Kündigung vor. Doch seltsamerweise fiel sie auf einmal kraftlos vor mir in sich zusammen:

„Brauchst nicht zu kündigen. Wir schließen. Das Hotel ist, besser gesagt: Ich bin pleite. Nicht zuletzt wegen Typen wie dir."

Augenblicklich war alles anders. Ich kaufte den Laden (Geld dazu hatte ich ja genug) aber nur unter der Bedingung, dass die Chefin blieb - zu meiner speziellen Verfügung.

Durch sie konnte ich die Hälfte der Angestellten einsparen. Keine saugt, keine putzt, keine serviert so gut wie sie. Ich bezahle sie gut. Die Toiletten sind blitzblank. Und das bleiben sie auch. Denn ich kontrolliere täglich mehrmals, ob alle hier in meinem Laden auch wirklich spuren.

****

Ameise

Ameise ist keine Ameise, sondern eine Drossel. Sie lebt in der Musik und für die Musik. Ameise ist blind und die Welt um sie herum besteht aus Klängen. Sie ist glücklich, wenn sie in Musik baden darf. Die Klänge sind ihre Welt und ihre Welt ist in Ordnung, wenn es harmonische Klänge sind, in denen sie sich wiegen kann. Dann sollte man sie einmal sehen, wie sie sich in einen Walzer einschwingt, sodass sie dabei beinahe von ihrem Stängelchen zu stürzen droht, soweit kippt sie über ihre Füßchen hinweg und legt dazu ihr Köpfchen schief und keck zur Seite.

Sieht sie sich dabei selbst in die Lüfte steigen? Schwebt sie nun weit oberhalb der Dächer und blickt auf uns herab? So fern ist sie dann, dass sie nur ganz weit oben, noch oberhalb der Wolken sich hinaufgeschraubt haben kann. Dort wird ihre Heimat angesiedelt sein, zu der sie sich über die Klänge noch höher aufschwingt, dort ihre Kreise dreht und sich im weiteren Musikaufwind dem gleißend roten Abendrot entgegen treiben lässt. Fern der anderen, unter ihr sich tummelnden Vogelschwärme, deren eigenes geschäftiges Treiben sie hier oben nichts mehr angeht. Außer der Frage, die sie manchmal beschäftigt:

Ob sich bei den anderen Vögeln auch die futterneidischen Tauben aufhalten, die sie damals, vor so langer Zeit, so vehement vom Futterplatz weggescheucht hatten, sodass sie aufgeflattert und dabei gegen die Scheibe eines vorbei fahrenden Autos geprallt war?

Sechs Jahre lebt sie nun in dieser blinden Welt und kann sich kaum mehr ein anderes Leben vorstellen. Vor allem, da sich ihr, als sie aus tiefer Nacht erwacht war, das Tor zu dieser neuen Welt geöffnet hat, in das sie sich freudig stürzt und über dem Meer aus Klängen selbst das Fressen vergisst.

Was mag ihr noch an Bildern übrig geblieben sein aus jener fernen, gefährlichen, im hastigen Tempo hinfließenden Welt? Wie oft mag sie die Sonne aufgehen gesehen und ihr dabei zugezwitschert haben? Was ist ihr aus dieser Welt noch an Tönen geblieben? Wenn der Walzer zu Ende ist und Stille einkehrt, wird es dann wieder dunkel in ihr? Oder erlebt sie dann jene Nacht wieder, die auf den Aufprall folgte, als sie, in ein Gebüsch geschleudert und von niemandem gesehen, darauf hoffte, dass sie der Tod bald erlösen würde? Ein noch unbestimmter Tod, vielleicht in Form einer Katze, die sie nach langem Spiel endlich frisst oder ein Tod in Folge von Kälte und Hunger? Erinnert sie sich dann an die Töne der Nacht wieder, als die Welt um sie schwarz geworden war, aber noch eine kleine Zeit lang ihre Farben für sie als Erinnerung behielt, um dann allmählich wie eine niederbrennende Kerze zu erlöschen? Oder ist es immer und immer wieder jener Augenblick des Aufpralls, in dem sie hilflos durch die Luft geschleudert wurde, den sie nacherlebt? Der stets von neuem, wie in eine Endlosschleife eingesetzt, bis endlich wieder die erlösende Musik den Faden aufnimmt, sie sanft umschließt und in sich bergend einhüllt? Lebt sie in der Stille den Augenblick nach, in dem der letzte Lichtstrahl auf immer in ihr verglomm und der schwarze Vorhang über ihre gewohnte Welt herabsank? Ertönt in ihr immer wieder dieser hässliche Knall, mitten im Flug, das Knirschen und Krachen im Schädel, alles so schnell, wie wenn ein Schalter umgedreht wird, um ein Licht auszulöschen?

Wenn ich sie anschaue, ist ihr kleines Gesicht entspannt, so als wäre sie zufrieden in ihrem neuen Leben, wenn sie ein neues Musikstück erfasst und mit sich reißt.

Vielleicht sind es imaginäre Fliegen, denen sie dann schwingend und kreisend nachsetzt. Oder auch Lichter, die sich vor ihr aufbauen und sie in ihr Reich zu locken versuchen. In ihren Träumen wird sie, nicht mehr durch ihre Körpermasse behindert, noch unbeschwerter jagen können, während sich die Musik zu einem einzigen Tonteppich verdichtet, auf dem sie sanft landen und von dem sie getragen wird.

Ich schaue ihr täglich bei ihrem Tanz zu und freue mich mit ihr, während ich rätsle, was in ihrem Köpfchen dabei vor sich gehen mag. Hin und wieder ist es notwendig, die Musik auszuschalten, um sie zu ermuntern, wieder etwas zu trinken, sich zu baden oder auch das Essen nicht länger zu vernachlässigen.

Schlimm für sie ist das Schnabel- und Krallenschneiden. Möglich, dass dann, wenn sie dazu in der geschlossenen Faust so sanft wie möglich gehalten werden muss, wieder die Ängste auferstehen, abermals einen Aufprall erleiden zu müssen. Doch dann webt sich der Klangteppich erneut, legt sich um ihren Körper, kehrt das Glück zurück.

Vermessen zu fragen, ob sie ebenso glücklich wäre, wenn sie wieder sehen könnte. Würde sie dann nicht der Welt des Klangs, die ihr dadurch wieder verloren gegangen wäre, nachtrauern?

Es sind müßige Betrachtungen, die ich da anstelle, während auch ich beginne, mich in ihren Takt einzuschwingen und die Augen schließe.

Was würde sie mir sagen, wenn sie die Welt wieder sehen könnte, die inzwischen nicht mehr die ist, die sie einst war? Würde sie die Farben wieder erkennen, die sich inzwischen in ihr völlig verändert haben werden, sodass sich ein Gleichklang der äußeren Welt mit der in ihrem Kopf wohl erst allmählich wieder einstellt? Wie würde sie damit zurechtkommen, dass es in der der äußeren Welt so wenig an Musik, die ihr behagt gibt?

Gerne würde ich einmal in ihre geheimnisvolle Welt eintauchen, in der sie sich selig gelöst ausbreitet, während ich meinen Alltagsbeschäftigungen nachgehe und nur manchmal erstaunt vor ihr stehen bleibe, wenn sie mir zeigt, dass es da noch etwas Anderes gibt, was sich zu erleben lohnt. So manches Mal beneide ich sie darum, nicht zu sehen, was so hin und wieder um sie herum geschieht. Auch, wenn ich auf Dauer nicht mit ihr tauschen möchte, würde ich gerne einmal einen Tag in ihrem Köpfchen leben wollen.

Ich würde ihr auch gerne für diesen Tag den Platz in meinem Kopf frei räumen. Was wohl hätten wir uns dann nach diesem Tag zu erzählen?

Manchmal schließe ich die Augen, um sie dann nach einiger Zeit für einen kurzen Augenblick zu öffnen und wieder zu schließen. Die Pflanze, die ich dann nur für wenige Sekunden sehe, fällt wie ein Stempel auf mich nieder und prägt mir den nächsten Traum. Es geht nichts verloren!

Wie wenig wissen wir voneinander, obwohl wir seit Jahren zusammen in einem Raum leben, beide dazu verurteilt, diesen Raum als unsere Welt anzusehen. Doch sind wir nicht alle nur Gäste auf dieser Welt, ganz gleich, ob sie nun aus Farben oder Klängen besteht?

Ist in uns der letzte Klang wie auch die letzte Farbe nicht schon angelegt und blüht uns still entgegen, um sich langsam zu einem Sturm, der uns einst mit sich fortreißen wird, aufzubauen?

****

Hans und Gretel

Es war einmal ein Geschwisterpaar, Hans und Gretel. Nachdem ihre Eltern früh gestorben waren, blieben die Geschwister ihr ganzes Leben hindurch unzertrennlich und hatten viele Höhen und Tiefen gemeinsam durchgestanden. Hans hatte jahrelang als Hausmeister gearbeitet und Gretel hatte ihm den Haushalt geführt. Jetzt im Alter rächte es sich, dass Gretel keinen Beruf erlernt hatte. Es gab nur eine Rente, die von Hans, und die lag knapp über dem Existenzminimum. Damit kamen sie gerade so aus. Jetzt war diese Rente auch noch gekürzt worden, sodass bereits in der Mitte des Monats kein Geld mehr da war. Der Kühlschrank war leer und sie hatten nichts mehr zu essen. Zum Sozialamt gehen? Dazu waren beide zu stolz.

In ihrer Verzweiflung erinnerten sie sich an die Zeit, als sie noch Kinder waren. Auch damals war das Essen oft mehr als dürftig gewesen. Wenn der Hunger sehr groß gewesen war, sind die Geschwister in den dunklen Wald gegangen und hatten sich die Mägen mit Beeren gefüllt. Sie erinnerten sich auch an die schmackhaften Pilzgerichte, die ihre Mutter aus ihrer über Stunden gesammelten Beute gezaubert hatte.

Am nächsten Morgen nahmen sie ihre Gehwägelchen und schoben sie in den Wald hinein. Gehstöcke nahmen sie zur Sicherheit auch mit und hängten sie rechts und links am Gehwägelchen an. Sie hatten den Wald schon seit vielen Jahren nicht mehr betreten und freuten sich schon auf Himbeeren, Erdbeeren, Heidelbeeren und ein deftiges Pilzgericht, das sie mit viel Pfeffer zubereiten wollten. Doch die mit Müll überladenen Wege wurden bald für ihre Gehwägelchen unbefahrbar, sodass sie sie abstellen und sich auf ihre Stöcke gestützt mühsam voranschleppen mussten.

Stundenlang irrten nun Hans und Gretel im Wald umher und stopften wahllos alle Pilze, die sie fanden, in eine Plastiktüte, denn sie kannten sich mit Pilzen nicht wirklich aus. Zuhause hatten sie ein Pilzbestimmungsbuch, in dem sie dann nachschauen wollten, welche der gefundenen Exemplare sie essen konnten und welche giftig oder ungenießbar waren.

Durch den Ehrgeiz getrieben, noch mehr Pilze zu finden, gerieten sie tiefer und tiefer in den Wald hinein. Irgendwann stellten sie fest, dass sie sich verirrt hatten und nicht mehr wussten, wie sie wieder aus dem Wald herausfinden sollten.

Langsam wurde es dunkel und richtig unheimlich. Überall raschelte und knackte es, ohne dass sie die Geräusche irgendetwas Konkretem zuordnen konnten. Ihre Hände suchten und verklammerten sich fest ineinander aus der Angst heraus, dass die nass geschwitzten Handflächen auseinandergleiten und sie sich dann in der Dunkelheit verlieren könnten.

Das Vorwärtskommen im hohen Gestrüpp fiel ihnen immer schwerer. Gretel war erst kürzlich an der Hüfte operiert worden. Sie musste bei jedem Schritt aufpassen, dass sie nicht stürzte und dabei womöglich noch die künstliche Hüfte ausbrach. So stützte sie sich auf den kurzsichtigen Hans, der mit seinem schlechten Herz schon erschreckend kurzatmig geworden war. Ihm schmerzte zudem das rechte Knie, das dick angeschwollen war. Eigentlich hätte er auch operiert werden sollen, aber es fehlte ihm das nötige Krankenhausgeld, das neuerdings auch bei notwendigen Operationen zusätzlich zu den Leistungen der Krankenkasse von den Patienten gezahlt werden musste.

Hans setzte sich auf einen Holzstumpf und atmete tief durch. Dicke Schweißperlen standen ihm auf der Stirn.

„Ich kann nicht mehr weiter, Gretel. Ich fürchte, die Pilze hier müssen wir teuer bezahlen. Die Kleider sind zerrissen und ich habe auch noch meine Brille irgendwo beim letzten Rasten liegen gelassen."

„Die Kleider sind ohnehin nichts mehr wert und die Brille war das billigste Modell, das du beim Optiker erstanden hast. Ich glaube, das Gestell hat überhaupt nichts gekostet, nur die Gläser und die, werden von der Krankenkasse bezahlt. Aber wir können doch unmöglich hier stehen bleiben und abwarten, bis es wieder hell wird."

„Was sollen wir denn sonst tun? Ich habe ohnehin das Gefühl, dass wir uns im Kreis bewegen. Sonst wären wir doch schon längst wieder auf den Weg gestoßen."

Hans richtete sich mit einem Ächzen auf.

„Schau nur! Der abgebrochene Baumstumpf dort mit den drei Fliegenpilzen. Ich könnte wetten, dass wir an dieser Stelle schon mal vorbeigekommen sind. Weißt du noch, wie ich dich dort aufgefordert habe, einen Fliegenpilz zu essen?"

„Hätte ich es nur gemacht! Dann hätte ich es jetzt wenigstens hinter mir! Diese schrecklichen Schmerzen die ganze Zeit über! Und noch nicht einmal Geld im Haus, um Schmerztabletten kaufen zu können! Und die Krankenkasse erlaubt keine weiteren Arztbesuche für dieses Quartal! Eigentlich wäre es gut gewesen, wenn wir damals schon als Kinder nicht mehr aus dem Wald herausgefunden hätten."

„Jammere nicht schon wieder. Es wird schon irgendwie werden."

„Was soll denn da bitteschön noch werden? Ich will hier jedenfalls nicht auch noch wie ein Pilz anwachsen. Eine kurze Verschnaufpause und dann suchen wir weiter nach dem Weg."

„Wir könnten uns auch ein Lager aus Laub machen und uns hinlegen."

„Auf den feuchten Boden? Bist du verrückt? Bei deinem Asthma und meinen Hüften! Zuletzt holen wir uns noch eine Lungenentzündung."

„Es ist doch so dunkel, dass du noch nicht einmal die Hand vor Augen siehst, Gretel! Wir zertrampeln jetzt selbst die direkt vor uns stehenden Pilze"!

„Mit deinen Giftpilzen kannst du mir ohnehin gestohlen bleiben! Was für eine Schnapsidee! In der Suppenküche hätten wir jetzt längst ganz umsonst etwas Warmes gekommen. Aber nein, der Herr ist sich ja zu fein dazu, dorthin zu gehen. Es könnte ihn ja dort jemand Bekanntes sehen."

Sie hatten beide schrecklichen Durst, aber sie trauten sich nicht, aus dem Waldbach, auf den sie gestoßen waren, als sie sich weiter vorantasteten, zu trinken. Wenn auch das Wasser noch so verlockend gurgelte und sprudelte, so wussten sie doch, dass irgendwo in der Nähe eine Chemiefabrik lag. Die gesammelten Beeren wagten sie auch nicht zu essen, denn es wurde doch immer wieder wegen des Fuchsbandwurms davor gewarnt, ungewaschene Waldfrüchte zu essen.

„Wäre es hell, könnten wir die Himmelsrichtung an dem an den Baumstämmen gewachsenen Moos erkennen", meinte Hans.

„Und warum haben wir das nicht getan, als es noch hell war?"

„Wir sind und bleiben eben zwei Stadtpflanzen, die hier im Wald nichts zu suchen haben."

„Doch, Pilze und Beeren."

„Von denen wir keine Ahnung haben, welche essbar sind und welche nicht."

Plötzlich lachte Gretel.

„Seit Jahrzehnten haben wir uns nicht mehr gestritten! Und jetzt haben wir uns wieder genauso wie damals als Kinder, als wir uns auch im Wald verirrt hatten, in der Wolle. Weißt du noch? Du mit deinen ausgestreuten Brotkrumen, die die Vögel dann einfach weggepickt hatten?"

„Und die Hexe! Wie schrecklich die schrie, als du sie in den Backofen gestoßen hast!"

„So schnell wie damals bin ich nie mehr gerannt"

Vorsichtig setzten sie Schritt für Schritt und tasteten sich weiter voran. Über ihnen leuchtete hin und wieder ein einzelner Stern durch die Baumkronen. Der Boden wurde zusehends morastiger. Anscheinend waren sie nun auch von dem Trampelpfad abgekommen, der noch einigermaßen trittsicher gewesen war. Sie mussten sich weiter von dem Bach entfernen, um nicht zu riskieren, mit ihren viel zu leichten Schuhen im matschigen Erdreich stecken zu bleiben.

Es wurde kälter und der Himmel bezog sich, sodass selbst das Funkeln des einsamen Sterns verschwand. Gretel hielt sich mit vor Schmerz verzogenem Gesicht die Seite und blieb stehen.

„Ich kann nicht mehr weiter! Ein Himmelreich für eine Schmerztablette!"

Auch Hans stöhnte, während sich Gretel an ihn wie an einen Baumstamm lehnte.

„Mein Knie! Mein Herz! Nichts geht mehr. Wenn wir wenigstens unsere Rollwägen hätten. Und meine Stützstrümpfe habe ich heute Morgen auch vergessen anzuziehen."

„Es ist einfach nur noch idiotisch, hier weiter in der Dunkelheit herumzutappen. Wir hätten vorhin auf der Lichtung bleiben sollen. Da gab es Baumstümpfe, auf die wir uns wenigstens hätten setzten können. Hier ist alles feucht, nass, glitschig und einfach nur noch eklig."

Sie jammerten beide noch eine ganze Weile weiter und es tat ihnen gut, den angestauten Druck abzulassen.

„Wenn wir weiter gehen, stürzt noch einer von uns und das war`s dann."

„Und ich hab längst die Sportschau verpasst."

Doch da rief Gretel plötzlich:

„Schau nur, da vorne, auf der anderen Seite des Baches. Da ist doch ein Licht!"

„Das kann nur ein tief stehender Stern sein. Hier gibt es nichts außer uns zwei umherirrende Deppen und jede Mengen Zecken und Mücken."

„Das ist kein Stern. Der Himmel ist inzwischen absolut bedeckt. Regen würde uns jetzt gerade noch fehlen."

„Komm, schauen wir doch einfach nach."

„Hans, du blindes Huhn willst doch nicht etwa jetzt im Dunkeln über den Bach?"

„Er ist nicht breit. Warte, ich probiere es aus und helfe dir dann."

Mit diesen Worten war Hans auch schon vorausgehumpelt und zog Gretel hinter sich her. Der Lichtpunkt vor ihnen verschwand manchmal, tauchte aber immer wieder erneut auf. Hans nahm, als er das Wasser deutlich vor sich gurgeln hörte, einen weiten Schritt, rutschte aus und fluchte laut, als er das Gleichgewicht verlor und in den Bach stürzte. Doch das Wasser war zum Glück nicht tief. Schimpfend und prustend krabbelte Hans völlig durchnässt und mit Wasser vollgelaufenen Schuhen zur anderen Bachseite hinüber. Die Plastiktüte mit den Pilzen und Beeren trieb an der Wasseroberfläche den Bach hinunter.

„Hans, wo bist du?" rief Gretel ganz verängstigt.

„Hier! Geh ein Stück weiter am Ufer, in die Richtung, in die das Wasser fließt. Hier gibt es eine schmale Stelle, an der ich dir rüberhelfen kann."

Gretel ging der Stimme nach ein Stück bachabwärts und wurde plötzlich von Hans um die Hüfte gepackt und mit Schwung und lautem Ächzen über den Bach gehievt.

„Komm", sagte er, „lass uns weiter auf das Licht zugehen."

Sie erreichten eine Lichtung. Von hier aus konnten sie das Licht etwas deutlicher sehen.

„Es kann nicht mehr weit sein, sonst würde das Licht doch vom Unterholz hinter der Lichtung verschluckt werden. Beeil dich! Ich friere ganz erbärmlich in den nassen Kleidern und meine Schuhe fühlen sich an, als würden sie sich demnächst völlig auflösen."

Hans zog Gretel so kräftig hinter sich her, dass sie über eine Wurzel stolperte und der Länge nach hinfiel. Sie fluchte laut, rappelte sich aber sogleich wieder auf und humpelte, auf ihren Stock gestützt, hinter Hans her. In einem Übereifer, den sie gar nicht an ihrem sonst so phlegmatischen Bruder kannte, hatte er sie einfach liegen gelassen und war weitergelaufen.

Bald erkannten sie, dass das Licht aus dem Fenster eines mit Moos nahezu völlig überwucherten Häuschens drang. Irgendwie kam ihnen das alles bekannt vor.

Das Haus schien verlassen zu sein, denn es rührte sich nichts, als Hans an die morsche Tür klopfte. Doch aus dem Kamin stiegen Rauchwölkchen auf. Gretel hatte Hans inzwischen wieder eingeholt. Sie war froh um das Licht, das aus dem Fenster fiel, denn dadurch konnte sie wenigstens die Umrisse des halb verfallenen Gartenzauns und der Bäume erkennen.

„Wer mag da nur wohnen, so abgeschieden mitten im Wald? Wenn die Hexe damals nicht in ihrem Backofen verbrannt wäre, könnte man glatt meinen, es wäre ihr Haus."

„Siehst du hier etwa irgendwo Lebkuchen und Zuckerwerk? Außerdem ist mir das jetzt auch egal. Hauptsache, wir kommen irgendwie in diese Bruchbude rein."

„Aber anscheinend ist niemand da."

„Auch gut, vielleicht sogar besser. Schau, da ist ein Brunnen. Ich komme vor Durst fast um."

Hans ließ den auf der Ummauerung bereit stehenden Eimer den Brunnenschacht hinunter. Das Platschen des auf die Wasseroberfläche aufprallenden Eimers hallte durch die Nacht und wurde nicht nur mit dem heiseren Rufen eines Käuzchens, sondern auch mit einem seltsam tiefen Brummen aus dem Haus beantwortet. Hans zog den Eimer, der gegen die Brunneneinfassung schepperte, in die Höhe und trank, während sich Gretel fröstelnd die Schultern rieb und ängstlich um sich schaute.

„Ist das unheimlich hier! Das Geräusch aus dem Haus eben! Hier ist es noch gruseliger als im Wald. Komm, lass uns lieber von hier verschwinden. Mir ist richtig mulmig im Bauch."

Doch Hans reagierte nicht, sondern trank weiter. Dann reichte er ihr den Eimer und inspizierte die Umgebung des Hauses, während sie sich auf die Stufe vor dem Brunnen setzte. Freudig erregt kam er zu ihr zurück gehumpelt:

„Du glaubst nicht, was ich entdeckt habe. Komm! Das musst du sehen!"

Gretel folgte ihm zu der Längsseite des Hauses. Hier zog sich das überwucherte Dach fast bis zum Boden hinunter. In dem Moos steckten viele schmale Röhrchen. Hans öffnete eines der Röhrchen. Es enthielt Tabletten. Hans nahm eine heraus und leckte daran.

„Das ist genauso bitter wie das Zeug, das du früher immer geschluckt hast, wenn du einen Schmerzanfall hattest. Das ist genau das, was ich jetzt brauche."

Ehe Gretel ihn davon abhalten konnte, hatte er drei der Tabletten geschluckt. Auch sie hatte solche Schmerzen, dass sie kurzzeitig in Versuchung kam, auch eine Tablette zu nehmen. Doch sie traute sich nicht so recht. Sie steckte sich lediglich ein paar Röhrchen in ihre Jackentasche. Hans, der das Dach nun bis zum First empor gestiegen war, lachte, während er sämtliche Taschen mit den Tablettenröhrchen füllte.

„Die können wir im Internet verkaufen! Das ist glatt ein kleines Vermögen wert, sofern das Zeug etwas taugt. Dann können wir uns bald wieder die Mägen richtig voll schlagen! Was der Wald doch heutzutage so alles abwirft! Ist doch besser als Beeren und Pilze. Ich glaube, ich spüre schon die Wirkung!"

Auf der anderen Seite des Daches, das Hans nun, über den First steigend, in Augenschein nahm, erwartete ihn noch eine Überraschung, die er sogleich lauthals Gretel verkündete:

„Unglaublich! Hier stecken Coladosen, abgepackte Kekse und Käsecracker im Moos! Das musst du dir einfach anschauen!"

Als Gretel, die umständlich um das Haus stakste, zu ihm kam, lag Hans auf dem hier flach auslaufenden Dach und schlief inmitten etlicher aufgerissener Kekspackungen. Sie rüttelte und schüttelte ihn, aber er wachte nicht auf. Gretel versuchte, Hans vom Dach herunter auf den mit Kies bestreuten Weg zu ziehen, aber er war viel zu schwer, um ihn auch nur ein kleines Stückchen bewegen zu können. Verzweifelt humpelte Gretel wieder auf die andere Seite des Hauses, in der Hoffnung, dort etwas zu finden, mit dem sie Hans vom Dach ziehen könnte.

Plötzlich knarrte die Haustür und öffnete sich langsam wie von selbst. Licht fiel auf den Weg.

Gretel getraute sich kaum zu atmen und starrte wie gebannt auf die Tür. Ihre Kleider waren mit Wasser aus dem feuchten Moos vollgesogen. Durch den böig wehenden Wind war sie nun völlig ausgekühlt und fror. Vom Dach her hörte sie Hans laut schnarchen. Aus dem Inneren des Häuschens drang ein melodisches Summen und es roch nach frisch gebackener Pizza.

„So tretet doch ein und wärmt euch, nächtliche Wanderer", flüsterte jemand mit leiser Stimme. Wie aus dem Nichts stand nun eine junge wunderschöne Frau mit langen Haaren in der Tür.

„Bei mir seid ihr sicher und für die Nacht gut aufgehoben. Es ist selten genug, dass es jemand in diese Gegend verschlägt."

Gretel fröstelte, doch nicht nur vor Kälte. Irgendwas an dieser Frau flößte ihr Unbehagen ein. Dennoch hinkte sie ächzend auf die Tür zu. Die Frau trat ihr entgegen und wurde dabei von einem Lichtschein aus dem Häuschen erfasst. Gretel sah nun, dass sie eine hauteng anliegende Gesichtsmaske trug.

„Wie schön, endlich einmal wieder Besuch zu haben. Der Weg hierher war wohl sehr anstrengend? Dein Freund scheint eingeschlafen zu sein?"

Gretel zögerte mit der Antwort. Bilder zahlreicher Horrorfilme fielen ihr ein. Sie überlegte, ob es nicht besser wäre, jetzt so schnell sie konnte in den Wald zu laufen und zu versuchen, von irgendwoher Hilfe zu holen. Doch ein Hund, so groß wie ein Bär, schob sich auf sie zu und schnitt ihr den Weg zum Gartentürchen ab, indem er sich vor ihr auf den Kiesweg fallen ließ. Dabei riss er gähnend sein Maul auf. In dem von der Haustür her auf ihn fallenden Licht blitzten ein paar unglaublich lange Zähne. In ihrer Panik versucht Gretel zwar einen Ausfallschritt in Richtung Gartentürchen zu machen, doch sofort erfüllte ein drohendes Knurren die Luft. Die Frau kniete sich neben den Hund und knetete ihn mit beiden Händen durch. Daraufhin wälzte sich der Koloss auf den Rücken und streckte mit einem wohligen Grunzen alle vier Beine in die Höhe.

„Das ist Ramses. Er hält alles ab, das da meint, so einfach und ohne Erlaubnis die Grenze vom Wald zum Haus überwinden zu wollen. Auch bei euch hat er leise vor sich hin geknurrt und euch damit angekündigt. Aber da er dabei mit dem Schwanz gewedelt hatte, wusste ich, dass es nur liebe Gäste sein konnten, die mir da ins Haus geschneit kommen würden. Wie schön, dass ihr da seid. Herzlichen Willkommen in meinem kleinen Waldreich."

Mit diesen Worten glitt die Frau wie schwerelos auf Gretel zu, packte sie mit festem Griff an den Händen und zog sie mit einer Kraft, die Gretel dieser spindeldürren Frau gar nicht zugetraut hätte, zu sich her. Gretel verzog dabei Schmerzen das Gesicht, denn vor allem ihre operierte Hüfte peinigte sie. Die Frau wollte ihr wohl aufmunternd zulächeln. Doch dabei verschob sich die Gesichtsmaske, die aus einer gummiartigen Substanz bestand, zu einer schauerlichen Grimasse, sodass Gretel zusammenzuckte.

„Keine Angst, mein altes Kind. Je später die Stunde, desto schlechter passen sich diese lästigen Latexmasken meinem Gesicht an. Doch das wird bald anders werden. Du solltest lieber auch von den Tabletten nehmen. Sieh her, dein Freund schlummert selig. Den plagen keine Schmerzen mehr. Greif nur beherzt zu. Es gibt genug davon. Ich rühre mir die Substanzen alle selbst in meiner kleinen Hexenküche zusammen und vertreibe sie über das Internet. Von irgendwas muss man schließlich in den heutigen Zeiten leben. Dauernd kürzen sie unsere Renten."

Die Frau griff in ihre Schürzentasche, holte ein Röhrchen hervor und öffnete es, um Gretel die Tabletten anzubieten.

„Die hier sind mit Kirschgeschmack. Aber du kannst auch Waldmeister oder Erdbeere haben, wenn du das lieber magst. Irgendwo müssten auch noch völlig Naturbelassene sein. Die sind aber gallebitter."

Gretel nutzte den Augenblick, als die Frau kurz zu dem Hund blickte und schlug ihr das Röhrchen aus der Hand, sodass die Tabletten in weitem Bogen verstreut wurden. Während der Hund auf die Tabletten zusprang und sie gierig und schnell verschlang, obwohl die Frau ihn mit sich überschlagender Stimme anschrie und dabei mit den Fingern versuchte, ihm die Tabletten wieder aus dem Maul zu holen, humpelte Gretel auf das Gartentürchen zu.

„Gib das wieder her, Ramses! Du verträgst das doch nicht! Die ganze Nacht wirst du mir wieder alles vollkotzen."

Doch Gretel kam nicht weit, denn der Hund setzte ihr mit zwei gewaltigen Sprüngen nach, riss sie zu Boden und setzte eine seiner mächtigen Pfoten auf ihren Brustkorb. Die Frau grinste schadenfroh: „Keine Angst, Ramses will nur etwas spielen. Aber jetzt kommt lieber ins Haus, sonst holt ihr euch in der Kälte noch einen Schnupfen. Dieser Nebel macht alles ganz schrecklich feucht. Selbst die Wäsche will nicht mehr richtig trocknen. Vielleicht hilfst du mir gleich Morgen früh dabei, sobald die Sonne aufgeht, sie zum Trocknen auf dem Dach auszulegen und das Haus zu fegen. Zunächst holen wir aber mal deinen Freund vom Dach."

Gemeinsam zogen sie Hans vom Dach herunter und schleiften ihn in das Haus, um ihn dort auf einem mit Fellen bedeckten Sofa abzulegen. Ramses legte sich davor und schnarchte bald noch lauter als Hans.

„Da haben wir anscheinend zwei typische Vertreter der männlichen Rasse. Schlafen und Fressen, und das den ganzen Tag über. Frau fragt sich, wozu sie eigentlich da sind. Aber niedlich sind sie ja doch. Hin und wieder braucht Frau sie dann ja auch für dies und das."

Die Frau kicherte und strich Hans mit ihren spindeldürren und an den Gelenken gichtig verdickten Fingern durch das Haar. Hans wachte durch die Berührung auf und schaute sich irritiert um.

„Sei auch du herzlich willkommen in meinem bescheidenen Heim", säuselte die Frau.

Gretel ließ sich in einen Ohrensessel fallen, denn sie konnte sich vor Schmerzen kaum mehr auf den Beinen halten. Doch sofort schreckte sie wieder mit einem Aufschrei hoch, denn irgendetwas hatte sie gestochen. Die Frau lachte mit so durchdringender Stimme, dass selbst der tief schlafende Ramses kurz die Ohren spitzte.

„Du hast eben erste Bekanntschaft mit Igor, meinem kleinen Nimmersatt, gemacht. Hoffentlich hast du ihm keine seiner Stacheln verbogen. Ich werde sie ihm nachher wohl wieder spitz feilen müssen. Ach, mein verfressenes Igorchen, hat sie dir ein Wehwehchen angetan?"

Behutsam nahm sie den Igel in die Hand und streichelte ihn, bis er sich wieder aufrollte, fauchte und Gretel böse anfunkelte.

„Sei nicht so nachtragend, mein kleines Dummerchen. Du darfst dir eben nicht immer gerade die dümmsten Plätze zum Verdauen aussuchen, an denen man dich nicht sieht. Es reicht doch schon, wenn es mit Kasimir so ist."

Damit wandte sie sich an ihre beiden Gäste, die nun nebeneinander auf der Couch saßen und ihre Hände fest ineinander verschlossen hielten. Die Frau redete munter weiter:

„Einmal hatte sich Igor im Backofen verkrochen, als ich eine Pizza backen wollte. Zum Glück hab ich ihn im letzten Augenblick bemerkt. Naja, vielleicht hätte der Naseweis ja auch ganz gut geschmeckt, wenn ich ihn ein wenig nachgewürzt hätte. Aber Backöfen sind mir seit alters her zutiefst verhasst. Leider braucht man sie eben, um Pizza zu backen."

Gretel flüsterte dem benommenen Hans zu:

„Die Frau kommt mir bekannt vor. Wir müssen schleunigst wieder von hier weg."

Sofort erwiderte die Frau:

„Aber, aber, meine Liebe! Gerade erst angekommen und schon wieder ans Aufbrechen denken? Nein, das kann ich nicht zulassen. Das dulden weder ich noch Ramses. Nicht war, mein kleines Plüschbärchen?"

Ramses ließ nur ein behagliches und verschlafenes Brummen hören. Hans war wieder eingeschlafen und hatte sich dabei lang auf der Couch ausgestreckt.

Die Frau beugte sich zu Hans vor, griff nach seinem Arm und tastete ihn ab, wobei sie sachverständig nickte.

„Alles wirklich nur noch Haut und Knochen! So geht das nicht."

Zu Gretel gewandt sagte sie:

„Bis zum nächsten Essen ist noch Zeit. Plaudern wir ein wenig über uns und über alte Zeiten, so von Frau zu Frau. Hast du immer noch Schmerzen? Du solltest dich nicht länger zieren und etwas von meinen Spezialbonbons naschen."

Wieder bot die Frau ihr Tabletten an. Gretel wehrte dankend ab.

„Es wird auch so gehen. Sobald wir wieder zu Hause sind, trinke ich meinen bewährten Retterspitzaufguss."

Empört riss die Frau die Arme in die Höhe und kreischte dazu so gellend laut auf, dass Ramses den Kopf hob und auch Hans kurz die Augen öffnete.

„So ein Zeugs ist sicherlich als Suppe oder Salat gut, aber doch nicht als Medizin! Da habe ich etwas Besseres für dich aus meiner kleinen Hexenküche. Warte, ich stelle dir jetzt gleich mein Spezialcocktail zusammen, der dich glatt umhaut und jeden Schmerz im Nu verschwinden lässt. Du kannst unterdessen mit Ramses, sofern er das will, etwas spielen und mir dabei von dir erzählen. Ich könnte schwören, dich schon einmal gesehen zu haben. Wo lebst du eigentlich? Wohnst du allein mit deinem lieblichen Schnarchsack? Weiß jemand davon, dass ihr hier im Wald seid?"

Die Frau, die hager wie ein Strich war, sodass das zu weit geschnittene Kleid wie ein Sack an ihr schlotterte, brachte ihr eine Tasse mit einer dampfenden, dunkelbraunen Flüssigkeit, die nach Waschmittel und Veilchen roch.

„So trink doch, mein altes Kind! Nachher musst du auch kräftig beim Essen zulangen. Das wird deiner Magerkeit keinen Abbruch tun. Und du willst doch auch keine leidenschaftliche Köchin beleidigen? Ach, auch deine aparten Ärmchen sind ja wirklich dünn wie Spaghetti! Wie willst du denn damit nur bei mir arbeiten?"

Die Frau tastete ihren Arm bis zu den Schultern ab. Gretel wollte ihn ihr entziehen, doch sogleich knurrte Ramses und blitzte sie dabei mit seinen triefenden Hundeaugen an. Die Frau kicherte:

„Nur nicht so schreckhaft, mein spaghettidünnes Kind! Das muss ja auch die Hölle für euch gewesen sein, mitten in der Nacht im tiefsten Wald herumzuirren."

Doch da fuhr sie auf und ließ von Gretels Arm ab.

„Spaghetti! Pizza! Das ist das Stichwort! Ich muss endlich den Teig kneten, denn wir sind ja nun schließlich deutlich mehr Esser geworden. Da plappere ich die ganze Zeit und denke so ganz und gar nicht an eure knurrenden Mägen!"

Sie stand auf und ging in die Küche. Bald füllte der Geruch nach gebackenem Teig und Kräutern die Wohnstube. Gretel wollte aufstehen und sich näher im Raum umsehen, aber Ramscs ließ es nicht zu. Das Zimmer war bis in die letzten Ecken mit Möbeln vollgestopft, die allesamt vom Sperrmüll zu stammen schienen und aus allen möglichen Epochen zusammengestöpselt waren.

Anscheinend liebte es Ramses, an den Stuhl- und Tischbeinen zu nagen, denn um die zerfaserten Beine der Möbelstücke lagen Sägespäne, abgebrochene Resopalteile und Holzsplitter herum.

Schließlich kam die Frau mit einem Tablett, auf der eine große Pizza dampfte, und stelle es auf dem Tisch ab. Erst jetzt bemerkte Gretel, dass der Tisch für drei Personen gedeckt war.

„Haben Sie denn mit uns gerechnet, dass Sie schon gedeckt hatten?"

„Aber nein, ich bin doch keine Hellseherin. Das steht noch vom letzten Besuch hier herum. Nicht immer läuft eben alles so, wie man es plant. Aber lassen wir die alten Geschichten. Jetzt seid ihr da und füllt den Raum mit eurer Anwesenheit. Magst du nicht deinen reizenden Freund zum Essen wecken?"

Gretel rüttelte Hans, der sich verschlafen aufrichtete und die Augen rieb.

„Er ist nicht mein Freund, sondern mein Bruder."

Die Frau klatschte in die Hände und rief Ramses zu:

„Ach, wie apart! Geschwister! Äußerlich so gar nicht ähnlich, aber unter der Haut ein Fleisch und ein Blut. Hatte ich diese Kombination nicht schon einmal hier? Ja, wir werden alle nicht jünger. Diese Vergesslichkeit!"

Sie zog nachdenklich die Stirn kraus und schob dabei ein riesiges Stück Pizza, auf der eine schwarze Soße mit gelben Klümpchen schwamm, auf ihren Teller.

„Jetzt greift aber zu! Alles stammt aus meinem Garten oder dem Wald. Selbst gesammelte Pilze, selbst angebauter Weizen, Öl aus meinen lieben Sonnenblumen, frische Kräuter und ein paar Zutaten aus meinem Hexenlaboratorium hinter der Küche. Lasst es euch schmecken!"

Gretel wollte Hans die Gabel aus der Hand schlagen, mit der er ein Stück Pizza aufgespießt hatte und es sich samt der triefenden Soße in den Mund schob. Doch es genügte ein Knurren von Ramses, sodass sie sich schnell mit der Hand durch das Haar strich und damit ihre Geste als eine fahrige Bewegung kaschierte. Als sie jedoch bemerkte, dass auch die Frau von der Pizza aß, konnte sie sich nicht länger beherrschen und verschlang gierig ihren Anteil.

„Endlich einmal Gäste, die Hunger haben! Eure Vorgänger waren da ganz anders und haben mich als Köchin zudem auch noch ganz furchtbar beleidigt. Nun, es ist ihnen auch nicht gut bekommen. Ich mag das nun einmal ganz und gar nicht, wenn man meine Fähigkeiten nicht zu würdigen weiß, vor allem dann nicht, wenn ich mich schon einmal an den mir so tief verhassten Backofen stelle, um meinen Gästen ein schmackhaftes Essen zuzubereiten."

Jetzt fiel Gretel auf, dass sich die Frau von einem kleinen Tablett, das sie auf einen freien Stuhl neben sich gestellt hatte, die nächste Portion herunter auf ihren Teller lud.

„Wieso nehmen Sie sich denn von einem eigenen Tablett?"

„Ich muss leider streng Diät essen, Kindchen. Ich vertrage nun einmal keinerlei Fett. Noch nicht einmal mein kalt gepresstes Sonnenblumenöl. Deshalb muss ich mich stets an ganz magere und einfache Kost halten. Das ist nicht einfach und es wird mir auch schnell über. Auf Dauer ist das richtig fade."

Plötzlich sah Gretel zwei funkelnde schwarze Augen, die hinter dem Kamin hervor starrten und auf sie gerichtet waren, und ließ die Gabel mit einem Klirren auf den Teller fallen.

„Was ist denn das?"

Die Frau erwiderte gelassen:

„Ach, das ist nur Kasimir, mein Faktotum. Er ist etwas scheu, weil er meint, nicht appetitlich genug auszusehen. Dabei kann ich auf ihn einreden, wie ich will. Er glaubt nicht, dass diese kleinen Unregelmäßigkeiten und lustigen Einfälle der Natur, die bei seiner Erschaffung etwas über die Stränge geschlagen haben, nicht der Rede wert sind. Wenn er sich erst einmal an eure Stimmen gewöhnt hat, wird er von selbst vorgekrabbelt kommen. Bis dahin beachtet ihn einfach nicht weiter. Er ist so schüchtern und doch hat er sich nicht immer in der Gewalt. Wenn man ihn zu lange anschaut, kommt er manchmal auf dumme Gedanken, um die Blicke nicht mehr länger ertragen zu müssen. Er ist eben etwas melancholisch veranlagt. Aber sind wir nicht alle hier etwas seltsam? Wie auch dein Bruder, der so gar nicht sprechen will."

Hans hatte beide Backen vollgestopft. Er hob zur Antwort nur die Hand und formte mit Zeigefinger und Daumen einen Ring, während er die drei anderen Finger noch oben hin abspreizte. Die Frau nickte zu diesem OK-Zeichen mit einem gütigen, wenn auch etwas verschobenen Lächeln, da sich ihre Latexmaske an den Rändern weiter abgelöst und nun auch aufzurollen begann. Sie griff sich ans Gesicht und stand auf.

„Entschuldigt mich jetzt. Das Bad ruft."

Gretel schaute ungläubig auf die Frau, die ihre Maske am Gesicht festhielt.

„Ja, du hast richtig gehört, mein Kind. Jeden Abend zur selben Zeit brauche ich mein Bad. Diese Maske, die ich seit einem Unfall mit vielen Verbrennungen trage, hält immer nur einen Tag lang. Das Bad macht alles wieder geschmeidig und hält mich zudem jung. Dort unten im Keller ist mein Jungbrunnen. Da schaust du, was? Sicher wollt ihr wissen, was das ist. Nun, etwas Krötenblut ist drin. Dann noch eine Kräutermischung aus dem eigenen Garten. Doch das Wichtigste ist eine spezielle Zutat. Ihr werdet später selbst miterleben können, wie ich die Mischung neu ansetze. Denn gerade jetzt, bevor ihr angekommen seid, habe ich für das heutige Bad die letzten Reste verbraucht. Ihr kommt also wirklich wie gerufen, einer einsamen Frau im Wald eine ganz spezielle Freude zu machen. Noch etwas Pizza?"

Hans nickte. Er war, kein Wunder nach der langen, auszehrenden Zeit im Wald, schier unersättlich. Da konnte Gretel ihn noch so sehr mit den Augen anfunkeln und mit dem Ellbogen in die Seite stoßen, er aß unbeirrt weiter. Sie selbst rührte jedoch nichts mehr an und knabberte nur ein wenig an einer als Verzierung verwendeten Karotte.

Die Frau schob ihren Stuhl vom Tisch zurück. Auch die Geschwister wollten aufstehen, doch Ramses verwies sie gleich wieder auf ihre Plätze. Die Frau verzog das Gesicht zu einem immer mehr ausgefransten Lächeln.

„Ich muss jetzt wirklich ins Bad, denn ich halte das Jucken im Gesicht nicht mehr länger aus."

Mit diesen Worten griff sie an ihre Ohren und zog sich mit einem Ruck die Maske vom Gesicht. Gretel schrie auf, denn was sie nun sah, war ein kahler Schädel mit ein paar darüber gezogenen Fäden vernarbter Haut. Die Perücke, die auf dem Schädel drapiert war, fiel auf den Boden. Der kurzsichtige Hans warf einen fragenden Blick in Richtung Gretel. Er konnte auf die Entfernung nichts erkennen.

„Ja, das ist schrecklich für eine Frau, so aussehen zu müssen. Ramses wird euch später hinunter ins Bad begleiten. Gebt gut Acht, dass ihr nicht stolpert und euch nicht auf der steilen Treppe die Knochen brecht. Das Wasser ist sehr heiß, weil unter dem Kessel ein Feuerchen brennt. Da kann man sich schnell verbrühen. Aber halt! Fast hätte ich den Nachtisch vergessen!"

Sie schob den beiden einen Teller mit Kuchen zu, auf dem Tabletten in den Schokoladenüberzug eingedrückt waren. Der völlig übermüdete Hans schaufelte alles in sich hinein, ohne sich dabei von Gretels Zischen abhalten zu lassen. Plötzlich nahm die Frau drei Tabletten und steckte sie Gretel mit unglaublicher Kraft in den Mund.

„Ich kann nicht sehen, wie du leidest, Kindchen. Gib endlich deinen kindischen Widerstand auf. Du brauchst sie nicht zu lutschen. Es reicht aus, dass sie sich im Mund auflösen."

Sie hielt Gretel den Mund zu, indem sie ihren Unterkiefer nach oben drückte, sodass sie die Tabletten nicht ausspucken konnte. Gretels ganzer Gaumen wurde pelzig. Dann hob die Frau ihre Perücke auf, ging zur Kellertür und rief ihnen fröhlich zu:

„Also bis gleich."

Gretel rüttelte Hans, der inzwischen mit dem Gesicht vornüber gekippt auf der Tischplatte zwischen den Tellern lag und röchelnd schnarchte.

„Sie ist fort! Schnell! Wir müssen hier schleunigst weg!"

Doch Hans schlief tief und war trotz aller Versuche nicht wach zu bekommen. Auch sie wurde jetzt von einer bleiernen Müdigkeit erfasst, die sie einfach zur Seite umsinken ließ.

Als die Geschwister aufwachten, sahen sie im flackernden Licht, dass sie sich in einem Keller befanden. Es war stickig und roch muffig. Sie lagen in einem mit Wasser gefüllten Kessel, über den ein dickes Eisengitter befestigt war. Vergeblich rüttelten sie an den Eisenstangen und schrien, doch es erfolgte, bis auf ein missbilligendes Brummen von Ramses, der vor dem Kessel kauerte, keine Antwort.

Irgendwann waren sie zu erschöpft, um weiter zu schreien. Das Wasser wurde heißer. Unter dem Kessel loderte ein Feuer, von dem das flackernde Licht im Raum herrührte. Es roch nach Gewürzen und benommen fischte Gretel nacheinander Lorbeerblätter, Knoblauchzehen, Karottenscheiben und Wurzelstückchen aus dem Sud, in dem sie saßen, heraus.

Nach einer unendlich langen Zeit, so kam es Gretel jedenfalls vor, quietschte die Kellertür und öffnete sich. Die Frau kam die steile Treppe herunter und Gretel sah, dass sich ihre zweite Gesichtshaut nun wieder ganz eng an ihren Schädel angepasst hatte. Als sie Gretel zulächelte, verschob sich nichts mehr. Auch die Perücke saß fest und sicher auf ihrem Kopf. Die Frau sah hinreißend schön und jugendlich frisch aus. Auf ihrer Schulter saß ein Rabe, der sich von ihr abhob und ein paar Runden im Keller drehte, bis er sich seltsam gebückt an den Kesselrand hockte und eine Ladung Kot in das

Wasser absetzte. Die Frau öffnete eine Luke in dem Gitter, angelte mit einem gebogenen Eisenstab nach einem Arm von Hans, setzte einen kleinen Schnitt mit einem Messer in die Haut und stieß den Arm wieder zurück, um dann mit Gretels Arm ebenso zu verfahren. Die beiden waren viel zu überrascht, um sich zu wehren. Das Blut aus den Wunden mischte sich mit dem Sud.

„Menschenblut zu Krötenblut mit Rabenschiss! Das ist fast schon das ganze Geheimnis. Strampelt nur recht, dass sich alles gut durchmischt. Auf kleiner Flamme wird dann das Ganze gut durchgeköchelt. Alles muss dann noch lange ziehen, sonst schmeckt und wirkt es nicht.

Die Frau legte noch ein paar Scheite Holz nach und verließ dann den Keller. Ramses und den in einer dunklen Ecke kauernden Kasimir ließ sie zurück. Hans und Gretel versuchten, die blutenden Wunden mit einer Hand abzudrücken Der Schnitt war zwar nicht groß, doch tief genug, dass zwischen ihren Fingern in dem heißen Wasser immer wieder Blut hervorquoll. Geschwächt schliefen sie bald wieder ein.

Sie wurden von lauten Stimmen geweckt. Es polterte und rumpelte in der Wohnstube über ihren Köpfen, als würden Möbel gerückt und umgeworfen. Dann trat wieder Stille ein. Nach einer Weile erschien die Frau. Ihr Gesicht war wieder zerknittert und faltig verzogen. Sie öffnete das Gitter über dem Kessel, doch Hans und Gretel waren von dem Blutverlust und dem unerträglich heiß gewordenen Wasser zu schwach, um sich aus eigener Kraft am Rande des Kessels hochzuziehen.

„Euer Blut taugt nur als Übergangslösung. Nichts gegen mager, aber es gibt doch Grenzen! Zum Glück habe ich inzwischen etwas Besseres gefunden. Kaum zu glauben, was sich alles im Wald herumtreibt. Macht Platz für die bessere Zutat!"

Mit viel Mühe schob die Frau den Körper eines jungen Mannes über den Kesselrand und kippte ihn dann mit Hilfe von Kasimir ins Wasser hinein. Die Augen des Mannes waren starr.

„Ist er etwa tot?" murmelte Gretel kraftlos.

„Nein, ich brauche ihn doch frisch. Erst muss er ausbluten und das geht nur, solange er noch lebt."

Sie schnitt dem Mann mit einer gekonnten Messerführung an beiden Armen die Pulsadern auf. Dann schloss sie wieder das Gitter.

„Bleibt noch ein wenig in dem Sud liegen. Ich lasse das Feuer leicht brennen, sodass ihr nicht friert. Ihr werdet sehen, die Mischung mit seinem Blut wirkt auch bei euch wahre Wunder."

Hans und Gretel schliefen erneut ein. Der zunächst noch zuckende Körper des jungen Mannes trieb bald schlaff mit nach oben gerichtetem, blassen Gesicht zwischen ihnen.

Gretel erwachte mit einem heftigen Kribbeln in den Beinen. Alle Schmerzen in den Gelenken, Hüften und der Wirbelsäule, die sie seit Jahren quälten, waren wie weggeblasen. Das Gitter über dem Kessel war aufgeklappt. Aus eigener Kraft schwang sie sich mühelos über den Kesselrand und stupste Hans an, der sich verwundert die Augen rieb und dabei angeekelt den wächsernen Körper des toten Mannes von sich wegschob.

„Hans" Stell dir nur vor! Schmerzfrei! Wir sind am Ziel unserer Wünsche!"

Hans starrte sie erst ungläubig an, doch dann sprang auch er aus dem Kessel, reckte und streckte sich wohlig und sagte mit brüchiger Stimme:

„Mir geht es genauso! Und du siehst jetzt wieder aus wie damals, als uns der Vater das erste Mal in den Wald führte."

Ausgelassen tanzten und sprangen sie beide um den Kessel mit seinem inzwischen tiefrot verfärbten Sud und sangen:

„Niemals mehr Schmerzen!"

„Wünschen wir uns von Herzen!"

Die Frau stand plötzlich hinter ihnen und ihr Gesicht strahlte verführerisch schon und jung. Mit einer Kelle schöpfte sie sich von dem Sud aus dem Kessel einen Sektkelch voll und trank ihn in einem Zug aus.

„Köstlich! Es fehlt nur noch etwas Sellerie. Freunde! So vergnügt wie jetzt wollen wir von nun an immerfort leben. Ich biete euch an, zusammen mit mir hier eine Alters WG zu gründen. Denn mit euch geht es mir so, als würde ich euch schon lange kennen. Zwischen uns stimmt einfach die Chemie."

Mit leichtem Frösteln erwiderte Gretel und starrte dabei auf Kasimir, der sich am Kesselrand hochstemmte und dann seinen ganzen Kopf zum Trinken in den Sud eintauchte:

„Das hieße, künftig und immerfort schmerzfrei zu sein? Tag für Tag, bis ans Ende unserer Tage?"

Die Frau nickte, hakte sich zwischen sie ein und tanzte mit ihnen zusammen um den Kessel.

„Niemals wieder Schmerzen! Mein Jungbrunnen soll auch euer Jungbrunnen sein."

Hans stellte beglückt fest, dass selbst die Herzschmerzen, die ihn sonst bei körperlichen Anstrengungen stets gepeinigt hatten, verschwunden waren und er alle Gegenstände der Umgebung wieder ohne Brille deutlich erkennen konnte.

Kasimir, der sich mit dem Gesicht stets von ihnen abgewandt hielt, entfachte nun das Feuer unter dem Kessel und die Flammen loderten hoch. Bald brodelte der Sud.

Gut so, Kasimir", sagte die Frau. „Das Ganze muss noch etwas besser durchziehen. Das Gitter brauchst du nun mehr nicht mehr zu schließen."

Kasimir zeigte ihnen erst nach ein paar Tagen sein Gesicht, als seine durch den neuen und kräftigen Sud verursachte Verwandlung schon weiter fortgeschritten war. Sie erfuhren, dass er es war, der die Frau vor langer Zeit aus dem Backofen befreit und sich selbst dabei schlimmste Verbrennungen zugezogen hatte. Am liebsten legte er sich am Abend nach getaner Arbeit im Haus und Garten vor Gretels Füße und ließ sich den haarigen Bauch kraulen. Der Inhalt des Kessels reichte ihnen jeweils für ein gutes halbes Jahr. Es fügte sich, dass sich immer dann Wanderer zu ihnen hin verirrten, wenn der Sud zur Neige zu gehen drohte.

Glücklich und zufrieden lebten sie miteinander, bis dass der Tod sie einst scheiden sollte. Doch bis dahin, so nahmen sie sich fest vor, sollte es noch etliche einsame Wanderer lang dauern.

****

Inhaltsangabe